雏凤新声丛书

陕西师范大学中国语言文学"世界一流学科建设"成果

陕西师范大学中国语言文学学科拔尖创新人才培养成果

终南新声
——陕西师范大学文学院2015级卓越班古体诗文集

雏凤新声系列丛书

胡安顺　主编

光明日报出版社

图书在版编目（CIP）数据

终南新声：陕西师范大学文学院 2015 级卓越班古体
诗文集 / 胡安顺主编 . –– 北京：光明日报出版社，
2021.4

ISBN 978-7-5194-5855-3

Ⅰ . ①终… Ⅱ . ①胡… Ⅲ . ①古典文学—作品综合集
—中国—当代 Ⅳ . ① I217.1

中国版本图书馆 CIP 数据核字（2021）第 058936 号

终南新声：陕西师范大学文学院 2015 级卓越班古体诗文集

ZHONGNAN XINSHENG:SHANXI SHIFAN DAXUE WENXUEYUAN 2015 JI
ZHUOYUEBAN GUTI SHIWENJI

主　　编：胡安顺

责任编辑：李月娥　　　　　　责任校对：兰兆媛
封面设计：一站出版网　　　　责任印制：曹　净

出版发行：光明日报出版社
地　　址：北京市西城区永安路 106 号，100050
电　　话：010-63169890（咨询），010-63131930（邮购）
传　　真：010-63131930
网　　址：http://book.gmw.cn
E – mail：liyuee@gmw.cn
法律顾问：北京德恒律师事务所龚柳方律师

印　　刷：三河市华东印刷有限公司
装　　订：三河市华东印刷有限公司
本书如有破损、缺页、装订错误，请与本社联系调换，电话：010-63131930

开　　本：170mm×240mm
字　　数：119 千字　　　　　　印　　张：12.5
版　　次：2021 年 4 月第 1 版　　印　　次：2021 年 4 月第 1 次印刷
书　　号：ISBN 978-7-5194-5855-3

定　　价：68.00 元

雏凤新声丛书编写委员会

主　任　胡安顺

编　委　胡安顺　高益荣　惠红军

　　　　王怀中　朱湘蓉　祁　伟

　　　　刘卫平　李晓刚　许晓春

　　　　余志海

前言

　　为了培养德才兼备、知能并重的一流语文教育人才和通专结合、守正创新的拔尖创新人才，凸显教师教育特色优势，提升学院人才培养质量，推进中国语言文学"世界一流学科"建设，文学院计划将有关成果结集出版，以展现学院人才培养的特色及经验。

　　陕西师范大学文学院至今已经走过了70多年的发展历程。数代学人培桃育李、滋兰树蕙，形成了"守正创新、严谨求实、尊重个性、兼容并包"的学术传统和"重基础训练、重理论素质、重学术规范、重人文教养、重社会实践、重能力提高"的人才培养理念，铸就了"扬葩振藻、绣虎雕龙"的学院精神。目前学院有汉语言文学（师范）、汉语言文学（新文科基地班）、秘书学、汉语国际教育等本科专业，形成了包括本科、硕士、博士、博士后科研流动站在内的完整的人才培养体系。

　　2017年，陕西师范大学中国语言文学学科进入"世界一流学科"建设行列，2019年汉语言文学专业入选国家"一流专业"，人才培养作为学科建设的重要内容，迎来了难得的发展机遇。在学校的正确领导下，文学院师生凝心聚力、发愤图强，人才培养工作取得了显著成效。为了更好地展示学科建设期间学院教师致力于专业教学及研究的成果，体现学院师生人文素养与专业能力，为当代文化建设和基础教育服务，我们汇集本学科师生的诗词曲赋联作品、书法作品、散文作品等，策

終南新声

划出版"陕西师范大学中国语言文学世界一流学科建设成果"丛书和"陕西师范大学中国语言文学学科拔尖创新人才培养成果"丛书，以总结经验、不断进步。

丛书的出版得到了各方友好的鼎力支持，在此一并致谢！

陕西师范大学文学院院长　张新科

2019 年 10 月 30 日

《雏凤新声》系列丛书序

　　序者，叙说也。言其善叙事理、若丝之有绪也。约可区为三类：一曰著作序，王应麟所谓"序者，序典籍之所以作也"。作者自述其撰著之缘起、宗旨及过程诸事，亦或介绍品评他人之所作也。二曰赠序，属惜别赠言劝勉之文，晏子所谓"君子赠人以言，庶人赠人以财"也。三曰雅集序，记宴游之乐以述雅怀也。

　　《〈雏凤新声系列丛书〉序》者，序《雏凤新声系列丛书》之所以作。雏凤者谁也？陕西师大文学院之学子也。新声者何也？诗词赋记之类也。系列丛书者何也？2012年既刊行首部，本次付梓四部，其后将续有新作也。四部者何也？《曲江新声》《终南晨曲》《终南新声》《雅韵浅唱集》也。本科生何以能出版诗词集也？此乃陕西师大鼓励学子创作诗词之传统也。鼓励学子创作诗词其利安在也？曰诗可以"兴观群怨"也。兴观群怨者何也？曰兴为兴怀，观为观风，群为亲民，怨为讥评也。兴怀观风亲民讥评者何为也？曰可以陶性防腐、知民忧乐、从政美俗、破痈溃痤也。

　　大凡兴怀能诗者多有雅致，有雅致者多曰伴诗书，情系家国，爱及草木，思存千古，进则欲施展抱负，兼善天下，退则以诗言志，期在不朽，何暇因受贿而劳神，岂为暂时之财贿而毁百年之清名也？言为心声，物不违理，犬羊难为虎豹之啸，瓦釜不作黄钟之鸣。清雅之音，其心必正；贪鄙之辈，辞亦龌龊。故曰诗可以陶性防腐也。至若观风、亲民、讥评三事，乃诗家之本能、操觚者之要务，无须多议。

　　且夫四时召我以美景，大块假我以文章。会桃李之芳园，序天伦之乐事，访胜迹于崇阿，发思古之幽情。大漠孤烟，长河落日，江南春草，北国冬雪，燕市豪饮，灞柳伤别。因物寄兴，引类设喻，嬉笑怒骂，爱恨情仇，岂能不飞文染翰、无诗赋以骋怀哉？是故刻烛限韵，裁云入砚，诚不朽之盛事；求田问舍，贪贿无艺，乃致祸之乱阶。从车百乘，未若清诗一首；积粟万钟，何如语流千载？

　　愿我学子，因诗而智，因诗而雅，因诗而能，因诗而博。且勿背负空名，弃诗向愚，弃诗向俗，弃诗向货，弃诗向权。止僻防邪，风雅不坠。韶华既往，吁嗟何及？纤浓绮丽，典雅高古，雄浑豪放，悲慨精神。含蓄冲淡，自然清奇。辞鄙理乖，必失猥琐。意寡言拙，废学之过；依声合韵，不逾规矩。造父乘舆，坐致千里；去绳弃墨，奚仲不能成一轮。

　　昔者，鲤趋而过庭。孔子问曰："学诗乎？"对曰："未也。"孔子曰："不学诗，无以言。"鲤退而学诗。他日，鲤又趋而过庭。孔子问曰："学礼乎？"对曰："未也。"孔子曰："不学礼，无以立。"鲤退而学礼。故知圣人教子始于诗。今之童蒙设若既学诵诗，且学作诗，弱冠必思无邪而能言，知礼节而善赋，焕乎有文，蔚尔鳞集，所谓化海濒为洙泗，点愚顽成李杜，又何患乎斯文之不继、风俗之不纯哉？是为序。

胡安顺

2020 年 6 月 15 日于陕西师范大学菊香斋

目　录

CONTENTS

卷三　散文

《世说新语》仿写

《红楼梦》仿写

附录

卷一　律诗、绝句、词、对联

律诗

太平洋

朱丽婷

千回万转流天地，鬼斧神工造化奇。

两处洲山相望远，一波春水自朝西。

南来北往观光客，东走西奔摄影机。

怎耐狂涛天际涌，无人敢试浪高低。

春节有感

张金华

庭除洒扫涤尘嚣，爆竹声中去旧桃。

万物复苏辞腊月，年华感慨叹今宵。

光阴易逝似离箭，壮志蹉跎未曾抛。

砥砺雄心鸿鹄愿，一生勤勉慕英豪。

春日有感

张金华

料峭寒冬腊月终，春山暖日遇和风。

丝丝杨柳轻飞絮，雨打梨花惊梦声。

年少华光容易逝，可怜功业竟难成。

残红落尽空嗟叹，应似鲲鹏更远行。

咏梅

时铭秋

梅开二月芳菲尽，雪虐霜欺未抱屈。

银粟衔香伤岁暮，细逐冷蕊化成泥。

幽独无意苦争艳，一树凛然有所期。

愿吾与君共此意，不伤俗事自得颐。

雨后初霁

时铭秋

杨柳何为半面妆？梨花碾入砚台香。

妆成仍恨向风立，香散犹怜未土藏。

槛内鸡雏破水镜，梁间燕雏自条桑。

蝶蜂停驻相私语，疑是避风带雨凉。

夜中独坐至天明

时铭秋

一荧烛豆点山红，万里沧波户牖中。
酥雨密铺重木叶，香风疏透响梧桐。
溪流半卷抱田睡，皎月藏云酣梦虫。
遥见天光连海碧，烟霞明灭过飞鸿。

观秋

刘艳芳

闲云远去西风起，落木袭来任水流。
海日连波千万里，沙鸥数点鳜鱼悠。
今夕月影来相伴，只怕蝉声叫不休。
自古言秋悲意满，应愁夜冷锁离忧。

丁酉二月游慈恩寺公园

李宇

料峭春迎未尽焉，寻香踏遍过雕栏。
参天古木交参错，满目红笼簇锦妍。
浅绿潺流藏寺内，清幽曲径悟真禅。
婆娑树影春光泄，沐日倾心似化仙。

丁酉年忆元亮

张心怡

元亮之风今仍念，潇潇气概可登天。

乌纱俸禄心间弃，只愿奔归林野间。

弄月吟风花为伴，依山傍水旧居边。

躬耕执笔书心事，远去喧嚣性本闲。

悼念霍松林先生

马雅欣

寒冬凄冷风萧索，噩耗传来遍地哀。

渭水恩师栽杏李，三秦巨擘领英才。

颂歌一曲民风振，慷慨激昂潮涌来。

身正学高四海敬，霍门继往五经魁。

春日有感

马雅欣

日照龙槐新绿透，风依杨柳万千柔。

飞花漫漫林中舞，清水潺潺石上流。

逝者如斯不可止，时来小试宝刀抽。

直须看尽好春色，笑说明朝更弄舟。

司马迁墓怀古

崔铁成

阅卷长安未身疲，夏阳苦觅史公祠。

沧桑古道啼黄鸟，惨淡斜晖映翠枝。

誉贬犹为千古训，潜心只做一家诗。

平生但有青云志，不惧蛟龙困浅池。

过友人庄

崔铁成

时至清明方有暇，呼朋携友至田家。

拳拳款意俱鸡黍，切切深情备酒茶。

映日黄花盈旷野，接天绿水绕村斜。

遥思元亮南山下，见此欣然坚指夸。

收假

刘小慧

除夕馐馔共举觞，隔窗彩烟飞天扬。

春临树杪着新色，兴起围桌沐暖阳。

鬓角银丝添少许，额前鱼尾与年长。

临行劝食几敦嘱，攘攘车行少逞强。

暮春感怀

刘小慧

连绵细雨始新晴，小叶梧桐逐日青。

缓缓闲云舒漫卷，猗猗绿竹影娉婷。

斜阳久驻发春困，半醉熏风绕梦萦。

欲趁繁花同踏远，纷纭冗务六神冥。

题畅志园

罗玥

小径通幽日影斜，苑中信步尽青苔。

牡丹未掩真国色，娇艳生从两靥开。

墙下笛声花外尽，池边柳色雨中裁。

闲人正欲捎春去，却见杏花探脸来。

游渝蜀

王菊

山城璀璨飞檐链，万丈洪崖峭壁悬。

纵艳弯桥连玉宇，琼楼两岸耸银川。

双江溢彩朝天汇，一夜悠游醉忘还。

锦里丞相阡陌忆，茅屋大义草堂烟。

丁酉年正月廿五观春雪有感

刘咏姝

孟阳一日雪如绵，风起云霄天地寒。

黑帝无情威已去，东君有信遣春还。

暖风一晌冰霜尽，新翠满城燕子盘。

便趁芳华岁月好，踏歌携伴览长安。

丁酉年三月廿一为祖母祝寿题诗

刘咏姝

东风和煦开琼宴，天赐遐龄福寿长。

寿比松椿盈瑞气，福如东海永安康。

华堂偕老春秋好，松鹤天长代代昌。

四世同堂共举盏，欢声笑语满厅堂。

忆儿时农家

范宇颖

最忆农家天向晚，炊烟笼月路归人。

清汤淡饭箪盘净，浊酒粗茶杯盏频。

蒲扇轻摇看落日，路灯入夜隐星辰。

凉风共话丰年好，弄孙绕膝是老亲。

昭君词

赵之淘

琵琶马上不堪听，瘦影风中定汉庭。
面满胡沙身瘦悴，身居异域苦伶仃。
当年月下羞花貌，不愿丹青减袅娉。
恰似摧兰折玉后，风停雨歇四方宁。

伤荀彧

杨琪

持节坐处计深藏，少有才名四海扬。
不堕先人荀子誉，曹操霸业始高昂。
迎来献帝人心顺，举荐贤才济满堂。
逆耳忠言恩义尽，知天命却断人肠。

游杜公祠

杨琪

芳菲四月到人间，杜老祠堂思古贤。
言是开元文景世，不知冻骨是谁颜。
只闻杜老忧天下，张翰寻鱼若等闲。
漫舞飞花春又去，风吹万事道何年。

闲情

陆沁怡

昨夜窗前生蕙莥，方知物候又翻新。

熏风过处盈怀绿，好雨来时遍地茵。

恰恰黄莺啼暖树，双双紫燕笑酣春。

堤边垂柳千丝乱，治理心思尚费神。

春末

陆沁怡

柳絮轻抛无所萦，飞廉过处度闲庭。

沾泥老愿狂歌舞，惹恨愁牵乱晦明。

雨后晴光惊蛰鸟，风来淑气聚浮萍。

三分春色今何在？流水尘埃与画屏。

正月十九离家有感

刘婷

风斜有意送人离，雨落无声润物稀。

晓看南国春色近，云烟漠漠子规啼。

天低路远难行道，无意芳歇意恐迟。

寸草心随辙轨去，春晖欲报暖寒衣。

于长安愧忆重慈

刘婷

陌上莺飞细草长，檐前燕过筑巢忙。

江南潋滟晴光暖，客地微濛却薄凉。

岭外重慈青冢驻，长安不见枉神伤。

深更有泪因君梦，恸到无声亦断肠！

悼霍松林

张佳伊

先生驾鹤任西风，万里长空影绝踪。

欲见风范终杳影，聆听教诲竟无从。

诗文雅韵开天地，致雨唐音奏磬钟。

尽瘁丹心桃李育，幽蹊自有沁芳浓。

读史有感

庞雪迎

碧海翻成明月泪，青山几处又枯荣。

新朝定鼎千夫颂，故郡颓唐几悲声。

王侯自是英雄辈，骚客从来非玉龙。

江山万里任君论，功名岂必庙堂中。

思杜甫

宋凌云

大雅扶轮动地弧，忠君报国叹黎忧。

哀鸿四野深深恨，广厦千间切切求。

壮志青春吟《望岳》，悲心皓首赋《登楼》。

情关风雨凌霄汉，名共长江万古流。

清明怀祖有感

宋凌云

烟雨人间四月天，九泉之下是何年？

纸灰片片迷归雁，血泪丝丝泣杜鹃。

笑语常新声在耳，慈容依旧见无缘。

悲情似水归何处，长夜相思苦不眠。

绝 句

悯农

朱丽婷

饕餮牛羊肉，称兄道弟忙。

不谙农事苦，何处慰沧桑。

夜雨偶感

李宇

残夜轻风起，潇潇细雨凉。

晓来穿野径，花落染尘香。

丁酉五月忆灵均

张心怡

复又逢佳节，风吹至晚春。

家门熏艾草，追忆伴灵均。

哀屈原

马雅欣

掩涕哀民怨，洁身佩蕙繁。

滔滔碧浪涌，千古叹忠魂。

重五节有感

王菊

楚风千舸竞，袭香艾草绵。

彩缕素笺系，莺啼吊世贤。

夏夜怀人

刘咏姝

夏夜小窗开，清风又未来。

当时明月在，照我旧妆台。

春日绝句

孙锦园

春草生溪涧，飞花落画船。

煦风吹绿水，燕舞柳莺边。

月夜

张佳伊

疏桐悬月影，无语倚阑干。

霜重衣半染，香腮粉泪寒。

卷一　律诗、绝句、词、对联

词

如梦令

马雅欣

风动涟涟水皱，日暖依依柳秀。思见梦中人，自是寂寥依旧。携手，携手，却见枝头花瘦。

长相思

杨嘉美

潇水流，赣水流，流过零陵到永州，谁知事事忧。雨如愁，水如愁，雨水如愁无尽头，问君何处留。

江城子

刘小慧

十年埋没野荒间，荷锄闲，似芜菅。纵寓凌云，徒坐望飞莲。七七佳音兴教育，重高考，酹衰颜。

三秋矛盾积如山，国门关，路途艰。真理反思，新论斗群顽。七九春风吹日暖，南海畔，捷师班。

如梦令

刘咏姝

一夜雨愁风啸，梦入当时年少，好友共同游，把盏长歌欢笑，谁料，谁料，今日影形相吊。

江城子·忆曾祖

范宇颖

从来俯首度春秋。冀丰收，别无求。沥血呕心，但为子孙谋。乱世饥寒千百炼，沧桑尽，背弯勾。

积劳成疾意方休，土为抔，化为丘。耕者无名，自古几人讴。草命轻尘空见忘，瞬息逝，不痕留。

渔歌子

孙锦园

万顷江波碧连天，沙鸥海雁舞船边。
歌棹曲，扣桨舷。神怡心旷忘人间。

渔歌子

刘婷

转瞬风斜暮雨喧，江天空向平青原。
何处去？远山寒，恍闻孤寺响寒蝉。

减字木兰花

刘婷

曲江暑住，芍药芙蕖香满路。晌日晴柔，倦鸟低飞空绕楼。

远山星耀，孑立独闻蛙乱叫。夜重林丛，时有微凉不是风。

菩萨蛮

张佳伊

疏桐漏月斑斓影，夜深宾散珠帘冷。独自上高楼，凝眉思恨愁。

风摇花影碎，香弄流云醉。霜落染衣斑，香腮粉泪寒。

卜算子·咏荷

宋凌云

碧水满池中，袅袅凌波舞。落落妍姿不染尘，玉骨傲朝暮。

不羡牡丹名，雅韵可消暑。谢尽芳华见藕心，不向清风诉。

对联

人杰地灵

朱丽婷

一带一路纵横东西，左右皆贺

一心一意融汇南北，少长咸集

高文艺

北冥空弦拨瓠落，秋水烹鲜，以无用为大用

姑射冷眸得逍遥，春梦迷蝶，藉有涯随无涯

时铭秋

浊浪排空，黄珠倒溅

急湍冲岸，石砾斜飞

崔铁成

莫笑我辈太痴癫，殊不知，台上喜怒哀乐，尽是人间离合悲欢

只恨世人不解味，怎料想，人前鲜花掌声，都是幕后苦练勤学

——排演话剧有感

罗玥

清风两袖，问天下鬼妖几许

正气一身，看人间贪虐如何

————题《人民的名义》侯亮平

王菊

风华正茂，不留乌江之憾

胆性卓然，应建世纪之功

刘咏姝

天边明月千山共

人世春光四海同

范宇颖

画船听雨，小桥流水藏诗意

古巷寻芳，黛瓦白墙闻丁香

孙锦园

一缕茶香，半窗风月

三间青瓦，四壁诗书

赵之淘

屈子沉江，节留端午

介推抱木，祭增寒食

刘沛婷

高第鼎新容驷马

华堂钟秀毓人龙

陆沁怡

藏龙卧虎，何惭今日

树蕙滋兰，试看他年
　　——秦园3栋215宿舍对联

刘婷

任沧海潮息潮起

由碧空云卷云舒

庞雪迎

忆往昔，卧薪尝胆

看今朝，秣马厉兵

宋凌云

时维重五，龙舟巨浪，迎风竞逐
节序天中，黍粽清香，共品衔觞

卷二　赋

春赋

张金华

丁西之岁，一月严霜，寒风凛冽，面如刀割。至初七立春，朔风渐暖，日光始盛。后虽又凉气逼人，终不胜昔日之彻骨。至上元佳节，和风欲解冰河，万物萌动。寒冬已去，春天即来。春秋替变而万物荣，日月代序而时运更迭。

自古骚客文人咏春者，盖因春风、春雨、春色、春思最动人之心神。春风之来，徐徐缓缓，和煦温暖。木触之而抽芽，草拂之而新绿，枝丫抚之而吐蕊，雏鸟掠之而争鸣。春雨之落，淋淋沥沥，如歌春光，韵律跳跃。百川丰盈，无冬日之衰败。春色之美，如遇仙境。新燕衔春泥，鸳鸯睡暖沙。樱花始葩径草绿，桃花饰面梨花溶。吹面杨柳风正暖，沾衣杏花雨蒙蒙。结游踏春，秀丽山水明艳；登高临眺，雄伟山河壮阔。春思之感，系于心神。春风惠畅，吹散千般愁怨；春雨滋润，化解胸中块垒；春色怡人，更添盎然生机。与春同行，品春之情，岂不快哉！

春赋

梁懿妍

长安城中春已至，长安行人穿春衣。东风起而云飞扬，草木沉睡尚未青。桃花惊艳开春来，天鹅凫水使人爱。春光乍泄，万物复苏。草长莺飞，微风拂耳，迎春扑鼻，湖水荡漾。鸟立枝头啼，人行闹市中。

早春来，一天之中而气候不齐，日出之时，天地万物焕然一新。相伴朝阳，百花开处，人影攒动。日落之后，春寒料峭，残冬犹存，游人归去，然百花仍立迎春来。冬雪消融，水波荡漾，岸上桃林，落英缤纷。柔柳轻摇，横笛清唱。

友人踏春至长安，不负少年好时光。

长安初春赋
李宇

春日时或，暖意融融，万物始复苏。舍前花坛，迎春映日，花小淡黄，温馨可爱。团团簇簇，枝枝繁盛，顿感朝气蓬勃，生机盎然。

时或天色暗沉，阴云蔽日，狂风大作。春执冬之尾悄然而至，必有波澜，倒春寒是也。天行无常，温降甚低，万里飘雪，纷纷扬扬。马路行车，屋顶树梢，雪覆其表，似披衾于上。此景别开生面，若非春冬交仪，不至于此。学子置车于旁，撑伞而行，雪花飘落，洁白繁密，匆匆穿行。斜风吹来，沾行者衣，速融消弭。有潇洒者，手未执伞，快步流星，心无所惧，醉心于雪之晶莹清凉，舒适畅快。少顷，雪积满头，双肩白厚，俨然雪人。入室，才觉温暖，似至异域。隔窗而望，雪如鹅毛，树木远屋易装，似造化精工，巧心雕琢，美妙绝伦，心神往之。

过数日，积雪消融，碧空朗日，春又回归大地。长安深居于陆，昼夜不一，温差大乎。朝夕似冬，正午似夏，实为难耐，风亦不止。

某日，我等数人沿石径登不高山，闻水流潺潺，清脆悦耳。轻风拂过，波光粼粼。远处湖面，数凫嬉游，拨掌前行。夕阳斜照，房木成影，物像相接，浑然一体。无边无界，极造化之美。日暮时分，我等皆尽兴而归。

春赋

张心怡

丁酉三月，天气骤暖。枝头花苞待放，树下绿草茵茵。鸟鸣声之悠悠，水流声之潺潺。萧瑟已退，寒衣已换。万物复苏，春回大地。

南望终南，云海渺茫。绿意遮蔽，若隐若现。似有山之一隅，漂浮云海之上。北望长安，一片繁华。车水马龙，人影如织。柳树渐成荫，一片春意，千年未改。百花吐蕊，姹紫嫣红。玉兰挂枝，芳香满街。一夜之间骤开，十里之外香飘。春意益然，大抵如此。

春赋

马雅欣

丁酉之岁，惊蛰既过，万物复苏，日暖怡人。遥看柳色，轻烟绕枝，碧水悠悠，相映成趣。桃之夭夭，灼灼其华，蜂蝶闻香，翩翩起舞。垂髫稚子最天真，嬉笑追逐放纸鸢。黄发老人无琐事，品茗垂钓赏春光。

春光无限好，却千古风骚客。山花烂漫，恐其零落成泥。

韶华正盛，却愁匆匆而逝。杨柳青青随风摆，恰似依依欲留人。每及别离，泪落沾巾。草木本无情，境由人心生。夫冬去春来，岁岁如此，亘古不变，乃万物之常理。况春有春之繁华，夏有夏之绚丽，秋有秋之静美，冬则纯净至极。奈何只伤春逝，不喜夏至？人生万事难预料，逢春且赏春，无须多思徒伤神。

济源赋

崔铁成

大河之北，太行之南。王屋所在，济水之源。忆昔上古，禹夏奉天。传至六世，少康都原。姬周之洛，礼乐亦迁。有邑曰轵，沃土万千。及至开皇，隋文设县。自此而始，遂称济源。日寇犯我，神州狼烟。济源儿女，杀敌争先。工农革命，中华新篇。愚公传人，敢换新天。家国建设，克难攻坚。勤奋努力，喜报连连。

神话之乡，浪漫之土，远古之辉，颐养千年。往古之时，极废州裂。天不兼覆，地不周载。神母女娲，炼石补天。斩鳌立极，杀龙济冀。积灰止水，灾难遂免。娲皇圣迹，遗留济源。有公曰愚，年且九十。毕力平险，志在移山。帝感其灵，遂随其愿。后人感之，塑像以祭。世世代代，永以为训。

物华天宝，地杰人灵。风光秀美，翰墨留香。黄河三峡，鬼斧神工。群峰竞秀，谷幽峡深。鲧山禹斧，犀牛望月。孟良活地，京娘化凤。王屋神山，轩辕祈天。香山居士，乐游喜见。

山水济源，文化济源。我等后辈，再谱新篇！

春赋

刘小慧

初春二月，煦阳如泄，暖意渐浓。天穹一扫阴霾，而露微蓝之色。风闲云淡，嫩草见长。着轻衣而褪厚衫，浣尘垢而理箱箧。入学一旬，夜日短而晨光早，懒起稍迟，赶课于道，隐隐树杪，群鸟啁啾，如诉如歌，清流婉转，笑我仓皇。

贤达夫子，不苟一丝，严于创作，亦赋亦诗。既有秋辞为率，欲求春文抒怀。受命以来，路行徘徊，悒悒逡巡，汲汲春寻，众木空枝，残叶灰滞，怅然若失，春意何摅？薄暮出于食堂，与同乡话闲杂，冥冥兮高楼，斑斓兮灯火，夕阳方落，昏黄沉于靛蓝，孤星忽闪，新月一弯。常念此身羁绊，形为心役，神为物絷，遥忆桑梓感旅思。

想孩童时期，急走扑蝶，菜花间翩跹，池塘里流连。千里莺啼，绿红相映，纸鸢游弋，杨柳拂堤。老牛小憩，白鹭振羽，水田如镜，稻秧齐齐。或思牧之，或忆端己，水涨江南，濛濛烟雨。深街窄巷，杏花逶迤，青苔生石，灰鬒欲飞。梦入断桥，玉人吹箫，桨声灯影，船歌欸乃。

嗟夫！予今已成人矣，已就读于高等学府矣。徒有爱春之情，而无如椽之笔；空怀惜花之情，而无黛玉之才。不及咏絮，愧对垆边。捧茶冷坐，槁腹枯肠，文采尽失，不知所云，满纸荒唐！

春赋

王菊

文人伤情，春之最甚。孟春有天街小雨，芦芽燕归；仲春有风唤柳条，姹紫芳菲；暮春有残红纷英，烟翠相围。景之有异而情意无穷。

夫奉天之孟春，乃遗冬之遗韵。雪压柔枝，万木疏萧，唯见松柏蕃茂，河溪潇潇，北风凛娬，腊梅吐艳蕴重生。奉天春日虽迟，然合此消彼长之律，蕴生灵复苏之冀。

长安之春，则有梨树绽白，桃樱竞红，柔风曲水，百鸟嘤鸣。蕾半展而羞凝，雀啄食而欢啾，禽浮绿而悠游。万象若洛水之神，明眸烁初醒之情。有诗云："春花贺喜无言语。"花香甘如饴，搔首弄春韵。白若雪飘锦城，红似鸿舞青云；粉似霞子落凡尘，黄如晶瑙缀罗裙。苍穹高，纸鸢袅，春地阔，人欢俏。拥此良辰应不负，何羡巫山绕烟云！

故曰："人间四月芳菲尽，山寺桃花始盛开。"虽是同季，域不同而景异。天有令，地行运，繁华佳木终将至，吾其勉励欢度春。

春赋

刘咏姝

寒冬逝，新春至，阴阳替，节候移。珂佩珊珊，东君驾青驭初降，细雨绵绵，屏翳乘祥云始临。春风煦煦而送暖，斗柄东转而收寒。于是万物复苏，天地生辉。鸟声千种随风啭，花叶掩映听燕喃，细柳笼烟垂青丝，杨花著水浮翠萍。春雷阵阵，蛰虫惊而长鸣；春光融融，夭桃盛而灼灼。芳草萋萋汀州绿，榆荚漫漫暖风长。湖心冰释，湖面如镜，波光潋滟。水新碧而锦鳞跃，岸初暖而沙鸥翔。蝶舞春风，莺争暖树，鸿雁北还，鸳鸯戏水，春意盎然，生意何极。天地之德不易，化万物而日新。

卷珠帘以望春景盛，开绣户而见春意好，遂披罗衣，约三五好友，共赴城南，同赏春景。泛舟湖中，扣舷放歌。拾翠两岸，缓行四望。但见纸鸢凭风共云飞，酒家满杯游人醉。

古语曰："一年之计在于春。"值美好之季节，吾当及时自勉，惜时如金，不弃功于寸阴。谨记日月既往，不复可追。人寿几何？逝如朝霜。时无重至，莫负韶华。

春赋

范宇颖

寒气渐去，春风送暖。一年之计，在于此也。感四季之伊始，喜万象之更新。有地皆秀，无枝不荣。物盛一隅，芳连千里。

风和日丽，暖意微曛。几处畴莺争树，一双娇燕语梁。桃花灼灼，迎春灿灿。蝶影争飞吴娃径，游人流连芙蓉园。

春雨淅沥，如人耳语，临户而坐，清心宁神。寻好书以细品，得佳句而抚手。空室不觉寂，却贪一人静。而或泛舟湖上，画船听雨，亦不失情趣。烟雨蒙蒙，春水漾漾。百思偕忘，如痴如醉。飘飘乎若遗世而独立，悠悠乎似登仙以遨游。梦回故里，感慨系之。只恨小桥流水沦为景点，犹忆白墙黛瓦尽藏丁香。

自古伤春怜红谢，更哪堪香断陷沟渠。所幸人生胜花期，惜取少年尚有时。当求索于上下，问道于东西。学海无涯，凤夜匪懈。

夜登城墙赏花灯

孙锦园

丁酉仲春，与友人相约，夜幕黄昏，共赏城墙花灯。

是日也，天朗气清，惠风和畅，夜幕降临，四友咸集。乘车前往，至城门，歌声徐来，犹如天籁，悦耳动听，令人心旷神怡。登临墙上，极目远望，绵延数里，灯火辉煌。此地有动物花灯，雄狮巨龙，金鸡黑熊，鲤鱼金龟，孔雀开屏，神态各异，栩栩如生。又有荷花梅花，蘑菇喇叭，杜鹃牡丹，水仙玉兰，玲珑剔透，五彩缤纷。此外，月下荷塘，祈愿灯廊，佳人画坊，美轮美奂。远观彩灯之绵延，近观品类之繁盛，可谓游目骋怀，极尽视听之娱。

环视四周，熙熙攘攘。拍照者，唱歌者，购物者，饮食者，人尽其乐；惊喜声，欢呼声，嬉笑声，打闹声，声声沸腾。灯月争辉，万灯竞彩，此所谓良辰美景，我等数人尽情赏之，岂不快哉？

敢为天下先赋

杨琪

老子有言：不敢为天下先。有此一言，多少志士仁人变为俗子；听此一语，多少奇思妙想化为流星。君不见力学三定律自牛顿始，君不闻狭广相对论为斯坦创。千百年来，胆胆怯怯、战战兢兢者不知凡几。几有才华出众者，多以为枪打出头鸟，如临深渊，如履薄冰，终沦为平庸之辈。

不敢为天下先，实乃中庸之道。奉行中庸之道，岂非抱残守缺乎？敢为天下先者，会当绝顶，超群绝伦。玄德揭竿，称王称霸；子长撰史，开天辟地。周公吐哺，孝公求贤，或毛遂自荐，或自告奋勇。遥想荆轲刺秦，生死置之度外，时至今朝，萧萧易水犹寒；专诸献鱼，置死生眨眼之间，今时今日，壮士侠骨犹香。

君子有言：宁死如鲲鹏，不可生如燕雀。

花开赋

陆沁怡

岁在丁酉，惊蛰之日，吾友告余曰："花开矣。"遂相携而出，观于教学楼下，游乎昆明湖边。软风习习，触乎经冬之枯木；柔条冉冉，出于宿露之老枝。迎春玉兰，先惊冷露；夭桃郁李，乃知惠风。于是友乃喟然叹曰："悲哉！春光之曼丽，何流如奔电，飞如迅羽哉！"

于是余怪之，问何叹。对曰："夫飞廉出于东方，裂寒冰而破肃霜，青气初回，句芒始降。垂柳萌蘖，夹十里之长堤；酥雨流泽，润一园之芳树；祁祁江草，细细游丝，霏霏烟云，漠漠水滨。兰花蕙草，芍药芙蓉，杜衡杜若，揭车留夷，或舒如引体，或发若解颐。乃有戏水比鸟，课蜜群蜂，黄鹂鸣于叶底，紫燕飞于长空，春喧阵阵，春意浓浓。当是时也，则开扃户，出城门，入千山万壑，临白水碧溪，观驱云暖舞，看转蕙光风，折艾叶，起风筝，飘金卮，流玉觞。腻绿蝉鬓，新翠舞衿，鼓琴瑟而绕梁柱，响清商以遏行云，歌者含笑，闻者欢欣。无限春光，无边春景，欲日车之轴折，愿羲和之辔断。然光阴者，百代过客也，春光春景，奄忽若梦。曲水飘香，急风堕艳，叶败花亡，红稀绿暗，群英落尽，遂成秋苑。无惊飞之雏燕，唯沉沉之老景，百鸟缄口，子规怨蹄。思及于此，感流年之促迫，当汪然出涕，岂止喟然太息也哉。然徒伤春，无益，当惜分阴。"

余曰："然，吾与汝。"

乡中面皮赋

李晨阳

乡中之面皮，虽似普通，然其味之美，形之精，常使人流连忘返，意犹未尽。初见面皮，辣椒洒于面皮之上，蒜汁渗于面皮之间，油光映于面皮之表，鲜汤置于面皮之底。食之，面皮劲而不软，汁水凉而不油，辣椒香而不辛，蒜水润而不辣。吾常食之于晨，量适而口爽，心旷而神怡。

乡中之面皮，余幼时即食之，虽常吃于口，然其美味实难使人腻于口。食入口，回忆浸入心头；食不得，乡愁攀上眉梢。求学于外，身孤而心独，虽有挚友二三，然心向故乡。情生于心，泪流而心碎。

春赋

刘婷

时维三月，序属新春。收数月之寒气，开四季之伊始。观北国之岸堤，坚冰始解；望南岭之皋丘，草色尚稀。淑气送暖，晴光熠熠；冰雪消融，阳光普照。

春之至也，风物淡远，日色渐长。然常转暖而寒，时有风斜雨细。春雨时降，土膏微润；春风送爽，高柳夹堤。斜风肃肃，零雨濛濛，风雨过处，汀州生杂花，枯树吐新芽。黄绿未匀，瑶芳祁祁。清露侵阶冷，石板青苔积。柔风和煦，吹面不寒，落雨淅沥，沾衣欲湿。但见阡陌行人，披戴箬笠蓑衣。

至若晴光乍现，春和景明。小儿雀跃，喧闹追逐。纸鸢悠悠，云淡风轻。

春光易逝，趁此朗晴，扬鞭策马，奋足前行！

春赋

张佳伊

时维丁酉之岁，适逢季春。料峭春寒犹存，回暖之势已见。而后一夜春风，淑光尽泄。

白云悠远，春波潋滟，点染江山。春芽吐丝，蜜蜂呢喃，山青青，水碧碧，繁花似锦，溢彩流韵。

或遇潇潇细雨，淡淡蒙蒙，若隐若现，时而如烟，时而如雾。杨柳吹面风，杏花雨沾衣。

江山如画，满眼风光。凭轩窗，感流光。惧落木兮枯黄，畏春花兮零落。呜呼！时光匆匆不可留，逝者如斯，人且奈何！多思多想亦无益，珍惜此刻是真理。盛年之时，勿忘初心，良辰之际，不断进取。虽无超世之才，必存坚韧之志。不求千古流芳，只愿韶华无负！

春赋

王艺萌

斗转星移，时至春日，万物复苏，欣欣向荣。昔日之寒意，均与雪一同逝之矣。

春至之景也，点点黄花，迎春也；朵朵白花，玉兰也。虽色与景皆异，但同为春之先使者也。且长安之春日，天朗气清，白云蔼蔼，惠风和畅。行走于道路之上，可察草木之萌发，可闻鸟鸣之叽叽，岂不令人惬意万分耶？

一年之计在于春。身处万象更新之时，岂能不奋发向上乎？四季轮回，光阴飞逝。往者不谏，来者可追。吾等当惜取少年时，恰如萌生之春草，勃发向上。

春赋

庞雪迎

春寒料峭，虫声新透；秦桑绿枝，燕草嫩丝；早莺争暖，新燕啄泥。二月春风，半城柳絮。木欣欣向荣，泉涓涓始流。

春日迟迟，卉木萋萋；红杏枝头，蝶乱蜂喧。天晴日暖，月移花影。美哉仲春，桃红李白，莺歌燕舞。

雨打芭蕉，春意阑珊，小园深处，落红无数，一夜狂风芳菲尽，惜哉绿肥红瘦。

初春之俏，仲春之美，暮春草长，各有所属，无所谓高低上下优劣之分。于是余有感焉，自然界春之孟仲暮，恰如人之少壮晚。壬寅之月，岁在丁酉，感孟春之生机益然，叹吾辈之青春蓬勃；锦瑟芳华不常有，我辈弱冠应奋起，蹉跎岁月不可取，愿吾等惜取少年时！

初雪赋

朱丽婷

终南雪舞，长安皆白。行者言苦，儿童相逐。寒意侵肌，舟车难驭。

雪覆神州，四海一色。天山连绵，巫峡萧森。长城蜿蜒，壶口掀浪。探花听雪，扣窗闻香。

竹罹寒而傲立，梅披雪仍笑霜。程门立雪何惧，闻鸡起舞是为！雁塔厚德，长安扬志。积学堂无浪子，逸夫楼广贤才。曲江流饮，秦岭回声。钟鼓长啸，万马嘶鸣。奋吾辈之智能，谋千秋之伟业。兴南国之毓秀，展北国之苍莽。

忆夫屈子苦吟，始有《离骚》。陈平忍辱，终展宏图。羲之吞墨，天下传帖。孙敬悬梁，博古通今。是乃大业难就，艰卓是为。文史浩瀚，博览是继。韦编三绝不为多，闻鸡起舞尚嫌迟。李杜苏辛皆贵，班马二圣咸修。圣哲是效，岂不幸甚？

呜呼，飞雪疾风，摧枯拉朽。春光有时，不负朝日。

古观音禅寺赋

高文艺

魏徵迷梦斩龙王，太宗忧惧，乃于驾惊之地，建观音禅寺，以镇青龙。于是去长安三十里沣峪、高冠峪之间，启土奠基。自此古寺雄踞终南山麓。

禅寺绵延二十亩，建制俱全，后临凤凰山，九龙引水，气势宏伟。大殿巍峨，袅袅禅音。大雄宝殿，无字石碑书功录德。观音殿内，千手菩萨抑恶记善。院内古意清幽，南墙之下，杂竹丛生。青苔作裳，杂草为衣。钟鼓二楼，遥以风铃信灯相呼。

大殿之后乃栖云亭，环亭皆堵，似青龙护卫神树，传为太宗手植。此树得见千年日月盈缺，遍尝世间风云雨露。神树枝叶繁盛，苍虬蔽日，幼树环抱，高临古寺，乃观音泉水日夜相滋也。树身粗裂似老者之肌，年轮不可尽数，所历天灾人祸亦不能尽知。

师大赋

张金华

终南幽幽，渭水汤汤，长安巍巍，太白茫茫。十三朝古都经日月，七十载春秋历辉煌。雁塔鹊鸣游旧地，芙蓉园中花月长。暮春踏青，曲水流觞，繁花落英，人尽其乐赋诗行；秋爽登高，翠华眺望，层林尽染，友朋同行诉衷肠。忆往昔峥嵘岁月，看今朝风流人物。

黄河中流，澎湃波涛滚滚逝；周秦故地，千年历史悠悠长。厚重师大，莘莘学子，抱道不曲，上下求索寻真知；人文师大，济济俊杰，拥书自雄，学海徜徉览华章。亭阁之下，蔚成积学之风；松林之处，更增敦行之坚。淳厚博雅，养我明明之德；知行合一，修我卓卓之质。畅志园中气开张，追根溯源，论华夏文明；牡丹园中心舒畅，风雅赋诗，展未来雄业。杏园永留芳，励志积学，长安学坛硕果繁；高山常仰止，厚德载物，师德之明传其行。看芝兰吐蕊，自持高洁；见梅花竞开，傲立风霜。春风化雨，薪火相传，大鹏将飞，扶摇直上。墨园显溢彩，泼墨锦绣，笔走龙蛇，书经史子集，绘人文风华；沃土蕴佳士，志存高远，妙手文章，问古今之事，谈笑四方。

于斯时，红日东升，熠熠其光；于斯地，霞光万丈，耀耀其芒。沐改革春风，乘中国梦想，品古典之韵味，扬文化之悠长，创科技之新高，兴经济之荣昌。吾师大学子自当奋强，思校训校风，永存难忘。

冬赋

梁懿妍

长安城中冬已至，长安行人穿冬衣。晨醒窗外一片白，知是昨夜雪下来。十月梨花满路飞，不见鸟儿长徘徊。云来掩日又遮霞，霰粒飞来乱纷如。大雪纷纷何所似，撒盐空中真可拟。夜初寒而池结冰，叶飘落而枝变秃，枯树低垂于霜露。直木因雪而先摧，唯见松柏亦挺拔。兹草丛生，凌霜自保。阳光日出，天地万物焕然一新。诚所谓春孕之于冬，温煦孕之于肃杀，天下万物，有孕之于无，有无相生，难易相成。

大雁塔赋

时铭秋

中华人民共和国成立六十七年，吾与三两好友游于大雁塔，感于胜景，遂成此赋。

慈恩起，雁塔立。绮殿笼霞，飞阁出云。铺地古苔披恩泽，高天低树济慈心。慈恩千丈寺，梵鼓三界音。四季风雨檐花落，游人香客如流云。洞中金佛，不怒而威；观音千手，神韵自起。藏经阁内，书卷盈室；大雄宝殿，梵音四起。

但见雁塔感逢时，犹忆玄奘悟道际。维摩之语，苦僧之信，佛偈参禅，跬步万里。去时青满头，归来已白鬓。置身黄沙，念苍生可救；传道大乘，忘红尘是非。

浮屠七级，拔地入云。塔台放眼，看苍苍群山，茫茫天际。斯景之壮观，乃吾等之所叹。呜呼！千年雁塔依然在，只是人事改。盛唐气象今已去，此地空余浮屠立。

武当赋

卢文静

丙申冬夜，闻初雪遥落武当，辗转相思，不觉渐入梦多而游之。

鄂之西北，太岳武当。东临襄阳，南望神农，西逼川渝，北屏三秦。十八盘险道蜿蜒，二十四水涧清幽，三十六岩连青木，七十二峰朝大顶，八百里延绵纵横，千余载仙音犹荡，巍巍立中原，绵绵泽华夏。

问道武当，雪漫青松，雾锁仙宫。太极湖泛，水波暗涌，北峰而上，福绵千里。云外清都，玉虚危立，飞阁而下，梵音不绝。寒木萧萧，青霭茫茫。垂露下木叶，疾步上仙巅。漫漫古道，龙游雪间，登太子坡，穿逍遥谷，临紫霄殿，攀南岩宫，直上金顶，力指苍穹。立巅而俯，云霭丛生，雪浮青山，浩荡四方。

于山中窥得仙观，或独据一峰，或紧抱群生，流丹飞泻，古意悠然。忽见有一道人立于檐下，临风相迎。白衣翻动，飘飘然似仙人也。见其影随风动，五行拳遂轻柔而出，一拳一踢，似柔还刚。后执剑而舞，飒爽飞击，一招一式，行云流水，果不负太极威名。登武当，悟仙道，养性修身，乐在其中。

梦醒返思，愿其钟鼓依旧，梵香犹存，再登武当仙山。

长安初雪赋
刘艳芳

丙申之冬，长安初雪。四时代序之末，万木肃杀之季。天地茫茫，白雪皑皑。经冬寒袭，千里冰封，唯余莽莽。素裹银装自缤纷，玉蕊琼枝开梨花。九天花洒，景之别趣，莫过于斯。

黄昏寒风吹，万家灯火起。六街三市无人踪，万户千门皆锁闭。丰年祥瑞而天降，堪贺人间好事宜。

长安霾
李宇

丙申之秋，十月既晦，吾与友相与步于长安。

阴霾轻雾，暗浮烟尘，远望终南，浅灰蒙蒙。寒涌风吹，只聚难散。日月失辉，星辰失色。青天难见，行人匆匆，雾空万物，霾隐山河。秋意萧索，遥望无趣，无山无水，无木无叶。欲寻近厦小憩，隐身无觅。远无行车，近无行者。鸟雀盘旋，久不得食。或尘埃蔽日，寒潮强袭，万树琼花落枝头。寒风袭处，落叶飘零。

初雪赋

孙仟

煦煦晨阳斜洒墙，片片梧叶落满塘。晨起推窗，四野茫茫。出门赏雪去，巧遇友人已在雪中立。友问飞雪何所似，笑答撒盐差可拟，又言柳絮因风起。两人相视笑，皆叹道韫智无双，咏絮之才名远扬。

千树万树裹银装，思绪飞回少年时。年少孩提不更事，任性执拗把雪尝。不顾长辈来拦阻，窃捧白雪入口中。雪入口中即融化，齿打颤，唇发抖，丝丝雪水心凉透。或闻父母将罚惩，面面相觑不作声。同伴之间相允诺，誓不将此告他人。

时光荏苒稍纵逝，转眼不再少年时。如今古城初雪至，西安一夜换银装。年年岁岁雪景似，岁岁年年人不同。古来万事东流水，纵是圣贤无奈何。昨之日，不可追。今之日，当珍惜。青丝变白发，莫负好年华。

繁华和寂寞，都是匆匆过。待来年，再迎长安雪，初心永不落。

冬赋

杨嘉美

时维十月，序属孟冬。

风萧瑟而兴兮，天惨惨而无色。其气凛冽，砭人肌骨；其景萧条，山川寂寥。众芳萎绝，百卉徂尽。草衰人寂，黄叶铺地。雾气浊滞，风吹不动。烟云重凝，万里尘埃。南山隐没，日星隐耀。

冬雪赋

崔铁成

丙申冬初，十月将尽，节在小雪，岁寒天阴。忽闻昨夜雨雪，遂欣然起行。既出，朔风瑟瑟，万物俱白，天地苍茫，万物裹素。

余见此景，喜不自胜，乘兴子然独行于中庭。慷慨歌曰："瀌瀌兮雨雪，覆天地兮掩四荒；渺渺兮予怀，追韶华兮心忧伤。"行路之人，或低头掩面，匆匆前行，欲避风雪。或开怀大笑，欢欣雀跃，喜瑞雪之初降。

雪赋

刘小慧

时近亥月，序属孟冬。晨寤拥衾，寒气袭人。晓光昏蒙，万籁无声。同舍呼曰雪至，余惊，倏然离床。推窗而望，草木易颜，绿白相间，星星点点。昆明湖畔，幽竹吐翠。一汪靛水，残柳低垂。双鸭振翼，交颈低吟。短桥如线，霜叶满岭。冰雪泥泞，如裂如碎。

夫雪，人间仙子也。飘飘忽忽，冉冉悠悠。不娇不媚，气韵天成。云销雪霁，日出景明，气清天朗，万物一新。南国雪稀，遇之何幸。

剑赋

罗玥

拥兵称君者，唯剑之能尔。凿山取金，汇溪去粗。入大炉而铸形，浇流冰而寒骨。青气凌腾，见三鱼之耸鳞；朱光横纵，奇锋乃出。风萧萧兮长号，雷阗阗兮震怒。及锋而逝，近刃如泥。背霜似电，迎曜如星。

初雪有感

孙锦园

夜来寒气侵，凉醒薄衾人。晓闻窗外闹，惊是瑞雪到。梳洗夺门去，闲赏初雪妙。

踏雪赏景，心旷神怡。伫目远望，千村俱白，万物同缟。置身其中，雪花飞扬，天地苍茫。飞絮梨花，难穷其容。

连绵一日鹅毛雪，延至旦日暂初歇。雪霁天晴寒气消，茸茸白雪化泥沼。银装玉砌今何在？唯有泥泞与冰渍。感此景象有所思，良辰美景固爱怜，哪堪回转一瞬间？劝君惜取韶华时，谱写峥嵘岁月诗。

朔雪赋

陆沁怡

岁在丙申，孟冬之月，有客从山阴来者，与我游于郭杜之曲。时阴云聚顶，朔风疾驰，吹檐拂顶，倒木倾篱。俄而雪至，势若长虹，其急也若南漠之惊马，其细也若北庭之流沙。鸡犬匿迹，行人掩袖。如骏如龙，升天入地，飞腾旋转，弥漫寰宇。萧萧然，凛凛然，晶晶然。如任侠也，直士也，奇兵也，骁将也。朔雪下日，必击羯鼓，弹五弦，开筵席，起胡腾，美如岑嘉州之梨花，壮观如王伯玉之神旗。

运动赋

李晨阳

湆滩之岁，仲春畅月，某日快雪时晴，霾去气清，会与史君鸣威，蒋君厚望共强体魄于上林苑。

整装而发，携球遂去，谈笑于途，声响音亮。论时事，谈名文，议时讯，讽恶行，幸甚至哉。至则携球而掷，共寻球感。热身毕，遂分组对抗，史兄技艺娴熟，故一人独挡吾二人。竞技伊始，史兄持球而入，动如猛虎，扛吾二人于异处，快如闪电，霎时，球入篮网，独留吾二人瞪眼对望。虽吾二人技不如君，然心不服君，待吾执球，与蒋君左右开弓，球随人动，导球于隙，避史之守，一传一投，球应声而进。史兄精于技艺，吾二人善于合力，战法有异，进救实同。吾三人往来数时，衣衫湿，躯体怠，遂去，沐浴而卧。

夫运动故无论酷暑严冬，强人体魄，动于身，强于体，明于心，利于行，吾辈皆应坚持强身健体。

竹赋

李梅兰

华夏之南，湘水以西，雪峰巍峨，沅水滔滔。余乡若水，偏安一隅，天地垂怜，造化钟灵，婀娜修竹，遍野常青。群峰之逶迤，湍流之回荡。苍苍郁郁，山水尽染。

戊子之冬，腊月既望，寒风凛冽，阴云繁积，一夜风雪，千山共色。鸟鸣深林，人绝幽径。余独爱雪，不惧寒风，遂散步于林。白雪皑皑，层林尽染。萧萧瑟瑟，晓风过也；折枝声起，知雪重也。竹刚毅不屈，雪压不折节。连峰滴翠，四时不绝。竹之生存之道，亦为吾辈处事之道也。

观雪赋

宋凌云

丙申岁暮，天地骤寒。枯叶尽落，百草凋残。初雪将至，彤云漫漫。同窗好友，无不欣然。三两相伴，驻足而观。

先者淅淅沥沥，飘乎如霰，而后凝结成片。云为其驾，潇洒连坤乾；风助其势，绰约亦翩跹。琼花纷纷，银星点点。迷离扑朔，惊造化之鬼斧。状似鹅羽，飘荡于旷野。色胜白玉，绘八荒之丽图，质比杨花，掠轻姿如莺燕。须臾之间，江河俱寂，千山缟素，蜡象驰原。老树花开，江河如练。

卷三　散文

《世说新语》仿写

《世说新语》仿写一则

马雅欣

陈才谒陶公，谈及国事，口若悬河，滔滔不绝。左右叹曰："此人必为栋梁之材。"公曰："夸夸其谈，不可信也。"

陈才种李，乡人帮之，诺曰："如有喜事，不必备果，家中之李，尽赠君矣。"其后乡人子娶妻，其友曰："君其自备矣。"遂不见陈才。

陈才于陶公府，见一人容貌枯瘦，与其友曰："吾最善识人，此人必不成大器。"唤之，其人不睬，曰："果愚人也。"待至席间，方知其为陶公座上贵客。

客欲见陈才，问其邻。对曰："陈才，逞才而无才者也。"

仿《世说新语》二则

范宇颖

其一

鲍旭明常谓弟子曰："知足常乐。人之老而顺天命，不争不惴，无欲无求。然少年者应取长风破浪之势，披荆斩棘，一往无前，不耽于所至，不满于所知。"及弟子卒业，劝其父母："子曰：'父母在，不远游，游必有方。'今子女远游求学可谓志在四方。父母不可以己之意束子女求学之路，宜放诸大千世界，任其鸟飞鱼跃。"

其二

祖母宴宾客，待众人皆坐，方寻一空位入席。若座无虚席，即往返庖厨，布菜席间，备佳肴百味而不食。与儿孙同桌，亦所食甚少。祖母谓余曰："宾客尽欢，此乐比食珍馐。儿孙喜食者，吾不伸箸。"

唐太宗与魏徵
——仿《世说新语》三则

杨琪

其一

玄武兵变，太宗势成，太子建成被杀。太宗尝闻其属臣魏徵劝建成令己就藩，问："何间我兄弟？"魏徵答曰："倘太子听吾，无今日之祸矣！"帝见其为人爽直，使任詹士主簿。

其二

太宗尝问魏徵："史之人君众矣，何智乎？何庸乎？"答曰："兼听则明，偏听则暗。"并举以尧舜，秦二世，梁武帝，隋炀帝以对。帝又问："吾观炀帝，明诗书，懂是非，荒唐之事何为之？"答曰："自以才高，说尧舜之言，行桀纣之事，自取灭亡。"

其三

太宗罢朝，怒曰："会须杀此田舍翁！"皇后问其人，太宗曰："又乃乡巴佬魏徵！"皇后退，复出，朝服而拜："妾闻主明臣直，今魏徵直，由陛下之明故也，故贺之。"太宗喜，以为善。

《世说新语》仿写一则
刘婷

冯遥者，吾高中同窗也。始入学，学子聚于课室。未几，班主任面带笑，款款而入，问曰："诸君对吾之第一印象如何？"时遥坐于前排，举手而答："夫子黑而矮，不似人师也。"语带戏谑。班主任听之，面色煞变。一女生见之，即起而谓遥曰："君知吾有何种第一印象于汝乎？所谓'敬人者，人恒敬之'。汝之不敬，无礼而丑极也！"满座哗然，霎时掌声如雷。遥之色立变，哑口无言。

吾弟不喜雪
——《世说新语》仿写一则
李梅兰

子鼠年冬，南方寒雪，一连数日，冰封千里。故道路不通，父母忧吾与弟，遂下禁令。吾等百无聊赖，拥冬衣炉火，赏万里雪景。吾惊呼："此景美矣！南方地热，少雪。此景当百年难遇。"吾弟因不得外出玩雪，怒曰："何美之有？拥之不暖，嗅之不香，食之无味。"吾大笑。

《世说新语》仿写一则

庞雪迎

尝有一人养数鱼，每日清晨，细察鱼缸，出一鱼置于小器中，小器与鱼小大几也，鱼不可自由游，其状甚苦。人问其故，此人对曰："练其忍孤寂之力，此乃成长必经之也。"时人闻之皆笑，以其迂不可解。

《世说新语》仿写一则

宋凌云

道光季年，欲立储，以四子奕詝长且贤，六子奕䜣明而敏，二人各有所长，举棋不定。会校猎南苑，诸皇子皆从，共驰逐群兽。奕䜣获禽最多，而奕詝未发一矢。道光问之，对曰："时方春，鸟兽孳育，不忍伤生。"道光大悦，曰："此真帝者之言也。"遂密定储于奕詝。后四年，道光帝崩，奕詝同月即位，定号咸丰，史称文宗。然其理国十有一年，战火频仍，内外交困，国用空虚，天下汹汹，文宗回天乏力，遂以醇酒妇人自戕，短命而亡。

《红楼梦》仿写

《红楼梦》仿写

朱丽婷

这几日贾府上清静得很，黛玉私下唤几个丫鬟取几本书来，供着茶水在亭子里读，好不怡兴！晌午时分，那几个丫鬟读得乏困了，直唤着要撤去桌盏、书卷。黛玉微一皱眉，嗔戒道："这是要干什么，我们如今好生读着书，茶饭不愁，且无他事烦心，何不趁此机会好好说说呢！"众丫鬟止步坐下，摊开书，咿咿呀呀念将起来。"哟，妹妹今儿又生谁的气呢？你瞧这眼睛，泪珠儿就快收不住了！"宝钗边往亭子这边走边向黛玉说笑。黛玉被宝钗这么一说，忽地脸红了起来，忙摆手求饶："哪儿的话啊，姐姐，我这是和众姑娘们说笑呢！快来坐下，且和我好好说会儿话，几日不见，姐姐都去哪里了？"宝钗把丫鬟们聚拢了来，压低声音说："太太那儿呀，来了一个俊后生。谈吐不凡，举止又雅，说不定啊，是太太为黛玉谋的快婿呢！""哎呀，姐姐你又瞎说，这跟我有什么关系，尽会欺负我。"黛玉娇嗔道。"哈哈哈,妹妹不必着急,太太定会好好择选的!"宝钗笑着走开了。此时黛玉望着书卷,满脑子都是宝玉了。两天不见他的影子了,他又跑到什么地方去了呢?

《红楼梦》仿写

高文艺

薛蟠游艺时特为妈妈和妹妹带来的东西,放了一二十天才想起了拿回来。一箱绸缎绫锦自是家常应用之物。这里薛姨妈将箱里的东西取出,一份一份打点清楚,叫同喜送到贾母并王夫人处不提。薛蟠为妹妹带来尽些外面稀罕的土物。宝钗将其中笔、墨、纸、砚,香袋扇子香坠儿的,脂粉油头的一件一件过了目,独独瞧见一本《石头记》让她着了些心,比别人自是不同。一人读了几日甚觉精彩。一日请黛玉到府上论说此事。

且说香菱进园子里来看望宝钗,一进厅见到黛玉,便道:"姑娘我怕是又要腻烦你了。"黛玉说:"又是学什么,你且说来听听。"香菱答道:"见我家姑娘说石头体,觉得甚好,我想也学了去,不知怎样才是石头体,姑娘可教教我。"黛玉笑道:"姐姐怎得不教教她。这石头体是我和姐姐没事说来打趣的,不拘的什么语气,横竖是个玩意罢了。"

正值这时宝玉和凤姐也来了,还没进门便听见凤姐笑道:"香菱姑娘这会子又和林姑娘学什么?听着倒是有意思得紧。"宝钗笑道:"左右不是闲着玩玩的罢了。"便上前将《石头记》递给了她说道:"你也瞧瞧罢,和你平时言语倒颇有几分相似的。"香菱说道:"我就是来讨教这石头体的。以后倒也不会愣头愣脑，说了不合时宜的去。"王熙凤道："赶明请老太太、太太也瞧瞧这《石头记》，大家一处说说话，不比这有趣热闹了去。宝钗你也一起去。"宝钗忙道："还是算了吧，这石头体本就做不得什么，说来与颦儿欢心的，来回不过是那些字眼，若是又被拿来说事了，倒是不好了。"

玩微信宝黛生嫌隙　诉衷肠两人去疑心

张金华

一日，黛玉在房中看书，随意翻了几页，终是看不到心里。正要小憩，丫鬟报说："宝二爷来了！"黛玉听闻又喜又怒，便命紫鹃关门，不让宝玉进来。紫鹃不解道："好姑娘，这又是生的哪门子气？昨儿个不是还说宝二爷不来看姑娘，也没回姑娘发给他的微信吗？今儿个宝二爷来了反倒是不见了？"宝玉在外拍门道："好妹妹，我来看你了，你的病好些了吗？开开门哪！""你走，最好一辈子别来！我在这儿，本来就是个遭人嫌弃的，不配你来看我。"黛玉说着便哭了起来。宝玉道："这是哪里的话？怎么就遭人嫌弃了？怎么就不配了？你我从小一起长大，我何曾这样想过，要是我真这样想过就让我不得好死！""你别在这里赌咒，我是不会给你开门的！"黛玉回道。宝玉无法只得说："我停些时日再来看你。"黛玉见外面没了动静，便知宝玉走了，趴在床上哭得更伤心了。紫鹃见状劝道："姑娘这又是何必呢，明知他定是没有那个意思的，见不到宝二爷的时候思念得紧，如今来了却又避而不见。"细问才知，原来是黛玉这几日发的朋友圈宝玉都没有点赞，黛玉给他发微信他又不回，加上这几日宝玉不似往常那样来看她，又想到自己寄居此处，虽有老太太疼爱，但是吃穿用度，一笔一纸，皆是他们家的，自己哪里有不遭人嫌的？因此不免多心。宝玉走后，黛玉哭了好久才睡下，谁知后半夜竟发起烧来，咳嗽不止，胡话不断。连忙请了太医来诊病。

紫鹃正要去熬药，见宝玉急急忙忙向这里走来。见到紫鹃便问道："林妹妹怎么样了？昨儿不是还好好的吗，怎么就病了？"紫鹃道："太医说是心绪郁结，心思忧愁所致。加上昨儿个和宝二爷您那么一闹，可不就病了吗！"紫鹃细细地将前因后果说与宝玉，宝玉这才明白缘由。

黛玉见宝玉进了屋，便侧过身去背对着他说："你来做甚？"宝玉道："听说妹妹病了，我就来了，前些日子不是好些了吗？吃药怎么总不见好？"说着便坐到床前看着黛玉。见黛玉并不理会他，宝玉便接着说："我知道妹妹是在和我生气，可妹妹千不该万不该拿自己的身子开玩笑。你病了，我又怎会痛快？""你过你的，管我做什么？"黛玉说着便又哭了起来。宝玉连忙道："妹妹怎么又哭了？是我不好，惹得妹妹生气。前些天我因为玩手机的事被父亲斥责了，不仅手机被没收了去，还被关在房间里读书不让出去。昨儿个刚刚被放了出来就来看望妹妹，却被妹妹误会，拒之门外。又让妹妹生了这场病，实在是不该。"黛玉听了渐渐止住了哭声问道："真的吗？""我要是有一句假话，就让我死……"宝玉听了又要赌咒。黛玉连忙捂住他的嘴道："成天将死不死的挂在嘴边，别哪天应验了才好！"宝玉见黛玉不生气了就说道："妹妹也该爱惜自己的身子，我看妹妹今年比往年越发瘦了，每日必是哭过一阵才算是完了一天的事。我这些天不来看你，你便又伤心了，我的心难道你还不知道吗？我们从小一起同寝同食，何曾这样起过疑心？怎么越发大了就越不似从前？想来也是那微信朋友圈闹的。以前没有微信时，我隔三差五地来看你，倒也亲近。如今有了微信，聊天愈多见面愈来愈少。一时疏忽没看见你发的微信，又怕你多心。好妹妹，以后我经常来看你好不好？我们吟诗弄月岂不比微信上的聊天来得自在！"黛玉道："原是我狭隘了，不该这样疑心你。你也知道我寄居于此，本就不是什么正经主子，原是无依无靠投奔过来的，又生着病，必少不了人嫌我。我把你当作知心的人，必是日日希望你来看我。前些日子你不来，又不回我微信，我不免以为你同那些人一样嫌了我去，才有了昨日的事。"宝玉笑道："好妹妹，你多心了！"

宝黛钗相会论美食　史湘云遗憾到来迟

梁懿妍

话说自打诗社一聚，众人已许久未在一起见面了。近日黛玉宝钗迷上了美食，正巧，今日贾母传令聚餐，只见席上坐了不少人，黛玉宝玉坐在贾母旁，探春迎春惜春也告了坐，凤姐立于一旁笑道："今日大伙儿可有口福了，瞧那新研制出来的菜品，比米其林还要高出几级来，老太太就等着大餐上吧！"凤姐儿一番话引得众人期待不已，宝玉一边落座一边拉着林妹妹道："我倒要看看今日这上的什么菜，倒叫姐姐这样夸赞。"不时，只见方才还热热闹闹的席上，此时听不得一丝声音。旁边丫鬟执着拂尘、漱盂、金帕。李、凤立于案旁，外间伺候之媳妇丫鬟虽多，却连一声咳嗽也不敢。等到饭毕，丫鬟用小茶盘捧上茶来。贾母道："我乏了，去休息，你们留在这里说说话消消食，仔细吃多了伤身子。"众人起身应答。贾母刚走，这边立即热闹起来。宝玉道："今日那红烧蹄髈好极了，听说做工倒挺简单的，只消炖的时间久一些，出锅之后，用餐刀切成小方块，肉烂皮酥，入口即化。妙，妙极了。"旁边一人打趣道："那一盘子恐怕都被宝兄弟你吃完了罢！"宝玉不理他们转身问黛玉："林妹妹觉得哪道菜最合你的胃口？"黛玉拿着帕子掩面笑道："我道那蒸蛋饺真真是好吃的。""我知道那是如何做的。"一旁的宝钗继续说道："将绞好的肉馅加上几个虾仁，再加进荠菜提香，跟肉和到一起绞成馅泥，切块肥肉做猪油，也不用熬，煤气炉上烤着大金属圆勺，筷子夹着肥肉在大圆勺上转一转，等油烤得吱吱吱响，将蛋液倒进去旋转摊开，就成了薄薄的蛋皮，再把馅放进去，趁着蛋液没全干，把蛋皮揭一半起来包好馅封住，一个蛋饺就做好了。""宝姐姐一定好手艺，竟连这都记得住。哪天定要好好尝一尝。"黛玉半含酸意道，"姐姐记着到时定要叫上妹妹们，不要只请宝玉吃。"宝钗连道："颦儿不是也会做那酿酒鸡蛋吗？糯米蒸熟，加进曲子，不几天便生出白毛，透出阵阵酒香，烧醪糟用红泥小火炉，风葫芦吹得火苗直蹿，坐上紫铜炒勺，舀一勺发好的米胚，加水，烧得几个滚，加白糖，甩进鸡蛋穗，眨眼间，只见满锅都是蛋黄的桂花。舀一匙，甘醇微醺，天寒时来一碗，暖透了人心肠。这还是上次妹妹教我的法子呢。"探春笑道："姐姐都说完了，改日做个满汉全席请我们吃罢。"众人都笑了起来。惜春忽然拍手叫道："还有那火腿鲜笋汤，上次宝玉尝过之后就惦记上了，没想到今儿个竟又吃了一回。"

众人正讨论得热闹，只听史湘云人未到声音便传来："你们在讨论何事，竟这番热闹，莫不是出了什么我不知道的奇闻。"宝钗道："你可是错过了天大的好事，听了叫你必定后悔，还是不听的好。"史湘云睁大了眸子："好姐姐，快说与我听，莫再吊我胃口了。"黛玉拿着绢子掩住口鼻，低头嗤嗤笑出声来，眉眼流动，尽显娇态。

众人又讨论了一番，看外面天已暗下来。贾母派人打发他们快去睡，众人这才依依不舍，各自归去。

预知后事如何，且听下回分解。

看微博黛玉吃飞醋　派红包熙凤试家奴

时铭秋

话说前一回宝钗将她自家带来的手机分给大观园众人，众人刚接触这新鲜玩意儿，正纳闷着如何去用，宝玉便已参透其中玄机，玩得起劲儿了。"不愧是宝兄弟，你的这点机灵劲儿啊都用在这些物什上去了！"宝钗见宝玉如此痴迷，不禁打趣道。宝玉凑到宝钗身边道："时常说起来手机都当是稀罕，恨不能一见，今儿个得了这宝贝，可得尽力瞧瞧。不然怎对得起姐姐为我们费的心思呢？"宝钗听了这话很是受用，柔声道："宝兄弟你且过来我再教你一个新鲜玩意儿。"只见宝钗手指来回划着，给宝玉看道："这个东西名为微博，用来交际最好不过了，你尽可以将你平日里想说的话，做过的事一一在这里道来，人人便都可看到了。"宝玉道："真这么有趣？"发了会儿呆，又看了看外面的亭子，笑道："有了！就来一句'湖中亭，湖边亭，亭亭多趣'。好了！"宝钗嗔道："你这作的倒是俗浅易懂，那我也给你对上一个罢，'山上水，山下水，水水有情'。"宝玉将宝钗手机拿来一看，果真不假。宝钗又道："等到以后大家都会用这个了，便可以在这里相互打趣嬉闹，相隔再远也不怕了。"宝玉听罢喜不自胜。

此时黛玉自在床上午歇，丫鬟们皆出去自便，满屋内静悄悄的。只见宝玉揭帘，进来见黛玉睡在那里，忙走上来推她道："好妹妹，才吃了饭，又睡觉！我给你看个好玩意儿，你的手机呢？"黛玉皱起眉道："哪个手机？""就是前些日子宝姐姐带来的那个新东西。"黛玉听了，嗤的一声笑道："原来是这个，什么稀罕玩意儿，我也忘了把它丢到哪里去了。"宝玉道："不妨不妨，妹妹看我的也是一样的。"便将宝钗教他的又给黛玉说。黛玉本就对这东西没兴趣，但在宝玉玩弄时却无意看到了"水水有情"这几个字。黛玉想着："自己从未用过，这个又是谁发的。"便一下子夺过来细细地看。宝玉道："刚才没见你多着迷，怎么这会儿子又好奇上了？"黛玉看是宝钗和宝玉的应对之作，不禁话里含酸道："我本就笨拙，自然看不懂这些蹊跷玩意儿，你自可不必来教我，白费功夫，倒不如去和宝姐姐有情无情去罢！"宝玉听了这些话，心内越发急了，因又道："妹妹可是误会我了，这是宝姐姐教我时胡乱对的，哪里能想那么多，若真是有情，我又何必来你这里巴巴地教你，还落下个罪过，让你羞辱！"黛玉听了，越发抽抽噎噎地哭个不住。宝玉见了这样，只好温言来劝慰，自己还未开口，只见黛玉先说道："你又来做什么？横竖有人陪你发微博，对对子，你又做什么来？"宝玉听了，忙上来说道："我是听宝姐姐道这东西可以让我们即使离得远也能说说话，就想着赶来让你看看罢了。"黛玉虽是个愿吃醋的主，听了宝玉这番话心倒也软了，话也软了，对宝玉道："若是这微博真这么好用，那我也来试试罢。"

《红楼梦》仿写

卢文静

话说那日宝玉醒来已近午时，忙叫袭人服侍他梳洗，见他不似平日那般亲近模样，怕是因着昨晚的事，便问道："好姐姐，你怎的今早不叫我起？莫是昨夜与林妹妹制那胭脂膏子，丢的你冷清了不成？"袭人笑道："这是哪里话？我是看你昨夜睡得晚，虽一早已将那书笔等物包好，又不忍扰你清梦，学堂那边倒是好应付。"

宝玉听后放下心来："好姐姐，还是你疼我。不过想来怕是让秦钟等了许久，他昨个还说今早有好东西与我，我还是赶着去趟学堂，瞧瞧那稀罕玩意儿。"袭人道："那我再叫着李贵与你一起，再莫要纵着茗烟他们几个闹了学堂，你可要体谅着身体些。"宝玉草草地应了一句，便出了门。

到了学堂，宝玉也不避着，大大方方地坐上了位。贾代儒也习以为常，知道宝玉终不是安分守己之人，一味地随心所欲，只道他又发了什么脾性，便也是睁一只眼闭一只眼，继续拿着书卷诵读。一旁金荣等几个滑贼上次虽向秦钟一行人磕头赔罪，但终究是忍气吞声，便总想寻着个机会让他们出个洋相。正巧见贾代儒发问，金荣便推着宝玉回答。宝玉本不愿理那金荣，但又耐不住金荣那副激将的嘴脸，又估量着自己也知道一些，便也就站了起来。

贾代儒问："'为人君，止于仁；为人臣，止于敬'后句是甚？又该何解？"宝玉一听便慌了心，《诗经》尚还懂些，这《四书》自己真真是一窍不通，但又不愿在秦钟面前丢了人，便忙翻书去寻。但要知他几时翻过书？又怎知这句出自何处？宝玉刚想说几句俏皮话糊弄过去，便见秦钟叫人传了个东西过来。宝玉拿到后，不知是何稀奇玩意儿，竟会发光，那发光的小方块上竟正有着夫子所提之问的答案。宝玉转念一想，便知这就是昨日秦钟所说的宝贝，高兴之余，不忘先回答了贾代儒之问。那贾代儒年事已高，眼睛也不好使，没看到秦钟几人使的小动作，只道是宝玉开了窍，念着他终究是个聪明人，便也捋着胡须，点点头满意地让他坐下了。

宝玉大喜，想着课后定要向秦钟好好问问这稀罕玩意儿。谁知夫子又布置了篇策文，说是写完方能下课。宝玉平时最恼这沽名钓誉的"笔墨"手段，一听便闷闷地趴在桌上，竟连提笔的力气也没有了。倏忽间，听见秦钟向贾代儒说要去如厕，抬眼一瞧，果然他在一旁挤眉弄眼。宝玉怎会不知其中玄机，不到半柱烟的功夫，便也佯装闹了肚子，叫着要去厕所。

一出正堂，宝玉便瞧见秦钟倚在树下笑眼望着他。秦钟本就清眉秀目，这看似平常一倚，显得他身材愈发俊俏，更不用提他那一抹弯了弧度的朱唇，竟让宝玉看痴了半晌。秦钟见宝玉这相，也不怪罪，只说起正事来："你带着那宝贝玩意儿没？"

宝玉方回过神："带着呢，猜想你又有什么妙方帮我将这策文对付过去。这稀罕玩意你从哪里得来？真真是个好东西！好秦钟，你快教教我怎么用，我好对付那老夫子的策文。"秦钟道："这东西学起来得有些时日，我先帮你查到策文应付过去，事后再教你怎么用。"

"小解"后，两人一前一后回到了正堂。宝玉偷偷地拿出这玩意，随意在那发光的小屏幕上点了点，便将上面一篇策文洋洋洒洒地抄了一遍，正交与夫子时，便见贾政走了进来。原来这贾政不知从何处听得宝玉上次闹学堂之事，这次前来，一是向贾代儒道个歉，毕竟也是叔叔辈，问个好也是应该的。二来是想看看宝玉最近的学习情况如何。

贾代儒见人影近了身，才认清那是贾政，便揖手道："贾老爷怎有空来小堂，有失远迎，失礼失礼。"贾政回礼道："愚儿顽劣，惹出不少事端，甚感羞愧。我顺道前来看看，不知愚儿近来学业如何？"贾代儒笑道："老爷来得正好，宝玉方将这策文交来，你先看看便知。"

贾政拿来一看，便觉这文章文笔流畅，思想也得四书之精髓，不禁瞧了瞧宝玉，心想到底还是个通透的孩子。但看到最后，又生出几分熟悉之感，还未看完，便听宝玉说道："你再看看秦钟的，也该不会使您失望。"

原来宝玉看见贾政脸色不再那般严肃，便知这文章写得不错，也想让贾政见识下秦钟的"才华"，便翻出了秦钟的文章，递与贾政一看。

谁知贾政接过文章，脸色一紧，而后越来越黑，最后竟扔了卷子，拿起桌上的戒尺，朝着宝玉就打。宝玉虽不知为何，但却反应极快，连忙躲在贾代儒身后，后又见贾政攻势未减，竟逃出了学堂。贾政碍于颜面，不便追跑出去，只是向贾代儒行了个礼，便满脸怒色地离去了。

秦钟也甚是疑问，拾起贾政方才扔下的卷子仔细一看，竟发现宝玉与他写得一模一样，便知那手机坏了事。他连忙将卷子纳于衣袋，匆匆回了宁府。欲知后事如何，且听下回分解。

宝玉偶见府中奇物　凤姐相赠囊中手机

刘艳芳

今当盛暑之际，午饭已过，姑娘丫头们都在屋里，宝玉愈发觉得闷热，便背着手，径自出门去了。走过穿堂便是凤姐的院落。到她院门前，只见院门掩着。知道凤姐素日的规矩，每到天热，午间要歇息一个时辰的，进去不便，遂往走廊那边踱步去了。

刚走到院角，只见一群小厮聚在一处，饶有兴致地看着一个方状玩物，一个小厮用手指在上面划点着。宝玉觉得好奇，便凑了上去。不料小厮被吓了一跳，赶忙散开。宝玉道："你们几个好生快活，那个玩物是什么新奇宝贝，让你们这等欢喜？"那个拿着玩物的小厮脸紫胀起来，赔笑道："宝二爷，这东西是我前些日子在道上拾的，想必是哪个落在道上了，小的见这东西经手划划点点就能生出好看的画来，趁道上也没人识见，就拾回来了。"宝玉本无兴趣，忽见此新奇玩物，便道："这东西我怎么没见过，快给我看看。"宝玉接过这东西，感觉既不像玉玦，也不像陶块，只见边角上有一凸起的小块，宝玉看了许久，竟不见它有什么新奇。小厮见他不懂把玩，便教他如何开关，如何划点，宝玉入了迷，只管"啧啧"地叹道："真真是绝了，这宝贝竟这般神奇！"

　　这时凤姐已醒来，感觉这盛夏之际，屋里竟闷热得坐不住，便想带几个丫头到蔷薇架下乘凉。忽从不远处看到一群人，便走过去。小厮看到凤姐过来了，一个个看着宝玉。宝玉正玩得欢，不曾想到竟然把凤姐招过来了。凤姐道："你们大中午的聚成一团子，叫人看得好笑话！"小厮们跑开了，匆忙间把手机落在了宝玉手上。宝玉见凤姐来了，不知说什么好。凤姐见宝玉手上拿着个东西，便知一二。"宝兄弟也喜欢这玩物？我房里倒有两个，前些日子看林妹妹无聊，便拿这玩物给她消遣。不曾想宝兄弟也闲得无聊。"说着从宝玉手上接过这东西，道："宝兄弟要是喜欢，我屋里的那个与你便是，这个小厮的玩物，终是不干净的。"宝玉喜出望外，恨不得马上到凤姐屋里拿那东西。"这东西也怪新奇，就是不知道怎么称呼。"凤姐忽觉宝玉好笑，便笑着答道："这玩物叫'手机'，前些日子我看东街的王掌柜就售这东西，他便给了我两个。"宝玉无心应允，只想赶快到凤姐屋里拿到那手机。

　　欲知后事如何，且听下回分解。

贾宝玉兴起逛庙会　林妹妹因病三人归

李宇

这日天气大好，宝玉听闻东街有庙会，想邀姐妹们一同出去，便起身出房。刚到院门外边，忽见紫娟从那边过来，宝玉忙赶上去问："哪里去？"紫娟笑道："宝姑娘来了，林姑娘命我去准备糕点。"宝玉听了，转步往潇湘馆来。只见两人坐在熏笼旁叙家常。一见他来了，都笑说："又来了一个，可没了你的坐处了。"宝玉笑道："横竖这屋子比各屋子暖，这椅子上坐着并不冷。"说着便坐下，与二位姑娘商量庙会的事。黛玉道："我一日药罐子不离火，竟是药培着呢，出去着了风寒，怕是又要咳嗽个不停了。"宝钗劝道："妹妹言重了，我见你近几日病情有所好转，趁着今儿个天不错，不妨出去转转，也正好解个闷。"说着便拉上黛玉同宝玉一起出去。

"公子，小姐们过来瞧一瞧，精致的玉佩，保准满意。"只见一商贩叫道。宝玉看见一个赤金点翠的麒麟，便伸手拿了起来，道："这件东西好像在哪里见过。"宝钗答道："史大妹妹有一个，比这个小些。"宝玉道："宝姐姐果然好记性，记得如此清楚。"黛玉冷笑道："她在人戴的东西上很留心。"宝钗听说，便回头装没听见。

宝钗见那边戏台围了一群人，便拉着两人走了过去，看了看台上演的戏，说道："这出戏不算好，排场不大，辞藻也不够精妙。"宝玉道："我从来怕这些热闹。"宝钗笑道："要说这一出热闹，你还算不知戏呢。你过来，我告诉你这出戏热不热闹。"宝玉听了，称赏不已，又赞宝钗无书不知。黛玉道："安静看戏吧，还没上台呢，你倒先入戏了。"于是大家看戏。

是时，一阵风刮过，黛玉用帕子掩着嘴，断断续续地咳着，身子也随之颤动。宝玉一听到这声音，心里着了急，忙走到跟前抚摸着她的背。宝钗道："都是我不好，非劝着颦儿出来，这下怕是病又犯了。"三人不再逗留，起身回府。

二人把黛玉送回潇湘馆，宝玉让宝钗先行，自己落后，没走几步，回过身问道："如今的夜越发长了，你一夜咳几遍，醒几次？"黛玉道："最近几夜好点，只咳了两遍，但却只睡了一个更次。"宝玉又道："那今夜定要好生吃药，以免病情加重。"黛玉凝视着宝玉的眼睛，点了点头，还有话说，又不曾出口，出了一会儿神，便说道："你去罢。"宝玉也觉得心里有许多话，只是口里不知要说什么，想了一想，也说道："明日我再来。"一面下了台阶，向怡红院走去。

香菱寻书

张心怡

这几日来香菱神情恍惚，整日魂不守舍，东奔西跑不知在寻些什么，原来其手边时常用来消遣的书不见了。虽不是什么奇书，可香菱本就羞于让旁人知晓自己读书之事，怕人笑话。这下书不见了，更让自己担忧什么人捡去会变着法儿地笑话她。

正巧香菱在花园中遇见晴雯，便想着先去问问。这不问还罢，话刚说了没半句，那晴雯便变了脸色："我拿姐姐那劳什子做什么！怕是姐姐你自己粗心大意，倒怪罪到别人头上去了！"香菱一见晴雯恼了，立马赔着笑脸好言好语哄着："哎呀！我的好妹妹，我哪敢疑心你啊。只是见着妹妹，问一问而已，妹妹莫怪罪我。"见晴雯脸色稍有缓和，这才松口气，怕她再说些什么，香菱赶紧寻个借口走了。

次日，香菱在怡红院门口见着袭人，忙把她拉过来问问。袭人听罢忙问道："姐姐可曾记得在何处看过此书？"香菱仔细想罢，摇了摇头。袭人道："那我可就真不知如何帮你了。若我看到了，我定给姐姐送过去。"香菱一听，忙不迭谢过，告辞了。

谁知过了两日，宝玉见到香菱，问起此书，才知晴雯将此事原封不动地讲给了宝玉听。一时间香菱又羞又愤："这晴雯，我不过是问了她几句，她倒放在心上，三日两头地见谁都要说上几句！"宝玉本还想调笑着问问是何书让她如此着急，看她当真恼了，也只能安慰道："姐姐莫生气，姐姐还不知那晴雯的性子吗？我不问便是了，姐姐就当今天没见着我。"说完笑嘻嘻地转身就走，留着香菱独自一人在那儿生着闷气。第三日见着宝钗，宝钗也问她是何书如此着急，见她支吾着也说不出个所以然，便不再与她开玩笑，转身走了。可这香菱心中确实羞愧难当，自个本身就不愿他人知晓自己偷摸看书之事，现如今整个大观园不仅人人知晓，还变着法子来问她。香菱恨不得找个地洞钻下去，日日不肯见人。

这下晴雯才知香菱为此事生着闷气，旦日拎了些点心来看香菱。一进门香菱也不理她，只是自顾自地做自己的事，全然把她当作空气。晴雯待久了也不知如何是好，只好说道："我的好姐姐，我也不知那书对你如此重要。我错了便是了，姐姐可莫生气，气坏了身子如何是好？"香菱听罢，说道："我哪敢生妹妹的气，妹妹随便说句话整个大观园都能知晓。我可惹不起妹妹这般大人物。"晴雯知道香菱还在气头上，忙打开点心盒子推到她面前："姐姐这么说可就折煞我了。生气归生气，饭还是要吃的。我来向姐姐赔罪。姐姐就算不顾我的面子，也要看在这糕点的面子上吃上两三口。"香菱听罢脸色稍缓，但嘴上还是松不下来："妹妹三言两语就把我给打发了，这书对我来说也不算重要，但妹妹若能帮我找着，我也就能舒心了。"晴雯听罢，忙答应下来。

晴雯东找西找了几日，那书还是不见踪影。实在没办法，晴雯硬着头皮来见香菱，谁料到香菱早已找到那本书，只是装装样子吓吓晴雯罢了。晴雯一知，羞愤难当："我的好姐姐！你跟我生什么气呀。"这事才算罢了。

刘姥姥勤练广场舞　宝哥哥苦寻 Wi-Fi 难

孙仟

且说刘姥姥带小孙板儿前已拜过贾府，近来无事，会逢今年多打了两石粮食，瓜果菜蔬也丰盛，刘姥姥遂再次登门。进来远远见到平儿，忙小跑至前，问："姑娘好？"又说，"家里都问好。好容易今年丰收，这头一起摘下的枣子倭瓜并些野菜，并未敢卖，新鲜着呢，留的尖儿孝敬姑奶奶姑娘们尝尝，也算是我们的穷心。"平儿忙谢，让刘姥姥进屋，并吩咐丫头上茶。刘姥姥正候着，忽听到有歌乐传来，甚是好听，便道："姑娘，今日府上可有活动？这音乐好不动听。"说着不免东瞧西望的。平儿笑道："这不是前阵子宣传什么'每天锻炼一小时，幸福生活一辈子'嘛，中老年多锻炼锻炼，活动活动筋骨，对身体是极好的。这不，老太太带着她的姐妹们在院子里跳广场舞呢！"刘姥姥满脸疑惑，呆立着，心中想着："原来如今城里兴这个，那广场舞又是什么呢？"平儿见状，正欲细细解释，外有丫头来报，说是老太太听得刘姥姥来了，便邀与一起练。刘姥姥又惊又喜，忙跟着丫头，往院中赶去。

只见贾母与五六位老太太一起，随着音乐节奏，灵活舞动。见到刘姥姥，贾母停下，笑着问道："老亲家，好久未见，不知身体可好？"刘姥姥忙迎上去说："托老太太的福，身体还好着，就是这腰背，时不时会酸痛。"贾母道："正好，跟着我们一起锻炼锻炼，保你身体更加硬朗，指不定还会缓解腰酸背痛呢！"刘姥姥惊道："天下可还有这等神奇之事，莫不是平儿姑娘说的'广场舞'吧？"贾母笑道："正是，你看我和姐妹们一起坚持了数月，个个精神焕发，感觉浑身都有劲了呢！"刘姥姥连连摇头："要跳这复杂的舞步，还要跟上音乐节奏，我们这愚笨的庄稼人怕是学不会哩。"众人都笑，贾母拍拍刘姥姥肩膀，也笑道："这有何难？你虽大我几岁，但若学起来，也是极快的。今儿就先跟着众姐妹们遛着，日后我再好好教教你，不久定会有模有样的。"刘姥姥喜言："那就听老太太的，试一试吧，我年轻时倒也风流，爱个花儿粉儿情歌儿的，今儿老风流才好。"贾母等都笑了。

跟着学了几日，刘姥姥竟不可自拔，这几日在府上闲来无事，自己一人也扭一扭，有时竟也忘记了时间，一练就一下午，这股子痴劲儿倒使舞技增长极快，腰酸背痛也缓解了不少。刘姥姥喜不自胜，决定一直坚持，并将这城里的潮流带与乡邻，农闲时练练，让自家周围老头儿老太太也学学，组个乡间中老年广场舞队什么的，想来也是极美的，故于心底更感激贾母了。此话且按下不提。

却说这宝玉早定了后日与秦钟一起上学。至是日一早，袭人早已把书笔文物包好，收拾得妥妥当当，只等宝玉梳洗完毕。临走时宝玉悄悄将手机藏于包中，不料却被袭人发现。宝玉央求道："好姐姐，你就让我带着嘛，有了手机也好随时与你们联系呀。"袭人道："老爷吩咐过手机会影响到你念书，怕你不专心学习。"宝玉立刻发誓般说："好姐姐，我保证好好念书，不受手机影响，你就让我带着嘛。"袭人拗不过宝玉，只好应允，但让其切勿沉迷。宝玉道："你放心，出外我自己会控制的。还有我上学去了，你们也别死闷在这屋里，常和林妹妹一处去玩笑着才好。"说完，便辞过各位妹妹，一径同秦钟上学去了。

原来这学堂虽离贾府不甚远，不过一里之遥，却因这学堂中都是本族人与亲戚的子弟，为了炼众子弟意志，不免与其他堂有所不同，不提供 Wi-Fi 网络。可偏偏宝玉平日爱看综艺视频，以前在府里，终日 Wi-Fi 信号满格且速度极快，视频播放畅通无阻，所以每月几乎都用不上流量。如今却不同了，这个月还未过一半，宝玉的流量早已用完，流量包都买了好几个了。这不，前几天刚新买一个，眼看又快用完了。"这样下去可不是办法。"宝玉私心想着，"要赶紧去附近人家蹭蹭网，没 Wi-Fi 的日子简直没法儿过啊！"

当日便和秦钟一起计划着，寻找着附近没有密码的 Wi-Fi。

找来找去，好容易有一家，但网速极差，连视频软件都打不开，更别说看视频了。宝、秦二人苦恼不已，又毫无计策。偏这日听说同窗薛蟠整日有 Wi-Fi 可用，据说是用什么"Wi-Fi 万能钥匙"破解了学堂附近一户人家的密码。宝、秦二人羡慕不已，便合计着明日定要问个清楚。

欲知密码如何破解，且听下回分解。

贾探春筹划开网店　史湘云起兴做模特

马雅欣

话说这日众姊妹在大观园赏花，探春见湘云一直捧着手机不语，便问道："这平日里数你最活泼，今儿怎得一句话也没有？"湘云笑道："我呀，在看我姨母家的三姑娘。""这位姑娘何时来了？怎一点儿消息也没有？"湘云笑着，把手机捧给探春道："是在看她的微博，我这妹妹衣着甚是讲究，常在微博上推荐些穿搭技巧，也将平日里多出的裙袄、簪钗、脂粉等在网上出售。你想我们这样人家使的东西，外头的人自是稀罕。她现在可真真成了网络红人了。"探春听着心下想道："这倒甚妙，平日里小厮们送上来的物件确实多出许多，放着也无用，如此来既不白费了东西，许还能贴补些银子。"便也筹划着开网店。

过了几日，史湘云兴冲冲赶来寻探春，还没落座便问："探春姐姐，你可是开了网店？""你消息倒是灵通得很，我才开几日，你怎得就知晓了？""我是在微博热搜榜上看到的，你这贾府千金开店，自然很是轰动。如何？近日生意可好啊？"探春得知自己的店上了热搜，激动万分："好妹妹，快坐下，我还

要与你好好说道说道呢。"待待书上了茶，探春又将开店的过程
与湘云说了一番。"这几日，我店里的关注度确实很高，可销量
却不见涨，不知是怎么回事？""依我看，姐姐的东西自是佳
品，价格也公道，但这产品介绍少了些。若是能多拍些产品图
片最好，或请上个模特，穿上你那百蝶穿花洋绉裙，戴上金丝
八宝攒珠髻，拍了照上传到网上。旁人见着这衣裳穿上身是如
此绝妙，你还愁不大卖吗？"探春笑道："平日里只当你是个贪
玩儿的，不曾想计划起事务来竟如此聪慧。这确是个好主意。"
探春一边说着，一边仔细端详着湘云："若是有你史大小姐这样
的妙人来做我的模特，我这网店必定受众人瞩目。"湘云大笑：
"我帮你出点子，你倒打起了我的主意。不过这又有何难，我
闲着也是闲着，索性待会儿我们到老太太房里用过饭后，便拍
照去。不过你这销量若是高涨了，我可要些你店里的新奇玩意
儿。""这是自然，你喜欢什么，随便拿去就好。"见湘云如此爽
快地答应了，探春甚是欣喜。说罢，二人便吩咐底下人去准备，
打算着饭后到园中去拍摄。欲知后事如何，且听下回分解。

众姊妹诗余议董卿　王熙凤人前演小宝

杨嘉美

前几日，宝玉央求着贾母派人去把湘云接了过来，大观园
中女儿们嬉闹景象自不必细说。话说那日秋爽斋偶结海棠社后，
李纨定于每月初二、十六这两日开社。眼见这两日天下着小雪，
湘云算着日子明儿便是十六，便想着趁积雪未化，迎着时景邀
一社，好不辜负这一片白茫茫雪景。湘云当晚被邀歇在蘅芜苑，

便将心中所想之事吐与宝钗，宝钗连声称好，想着近日园中姊妹们终日在一起也是个嬉闹，不如趁着这雪作诗热闹一番的好。湘云道："我如今心里想着，前几日作了海棠诗、菊花诗，我如今要作个雪诗如何？"宝钗道："雪诗倒是也合景，只是前人所吟太多了。"湘云道："我也是如此想着，恐怕落套。"宝钗思量了一番说："有了，这次以雪为宾，以人为主来作，如何？"湘云道："真真是妙主意啊！"第二日遂聚了众人在一起，其中热闹景象自不必细说。众人作诗完毕后，宝玉被贾政叫去听和政治经济有关的事务，黛玉本不喜热闹场面，便扶着紫鹃自回潇湘馆去了。迎春探春几姊妹在一起嬉笑说着什么，湘云轻手轻脚地过去"哧"的一声，闹得迎春探春等人回头直笑，宝钗跟在湘云身后抿着嘴笑。湘云道："你们几个倒是躲到这儿来玩乐，有什么好笑的快说与我听听。"探春看着湘云笑道："前几日新一季诗词大会播出了，主持人董卿又成了新闻热点。"宝钗接着探春说道："之前董卿多在春晚这样的大晚会主持，是央视一姐，适合在阖家热闹的场面节目上露面，偶尔也做一做那魔术师的托儿。"湘云感叹道："董卿可真真是个学霸，不显山露水，还特别美。"宝钗有所感叹道："你们有所不知，其实最近掀起了一股追星热潮，我的偶像正是董卿。董卿正如选手王若西所夸——所谓美人者以花为貌，以鸟为声，以月为神，以柳为态，以玉为骨，以冰雪为肤，以秋水为姿，以诗词为心。才貌如董卿者不可多得。"

正谈话间，贾母那边传饭，几人一道前去，掀帘进入内室时还兴致未尽地说着董卿，老夫人看小辈儿这么热闹地聊着什么，便低头问凤姐儿："她们几个小人儿说什么这么开心，也不见宝玉、黛玉。"凤姐儿满脸笑道："准是聊到她们当中谁喜欢的明星了！宝玉被老爷叫去了，怕这会儿也闲下来正往这边赶呢，黛玉我唤了平儿去叫，怕也是在来的路上。"老祖宗是极喜爱热闹的，凤姐想到老祖宗喜热闹更喜谑笑科诨，便自说起前几日刚刚成名的一位笑星，笑道："老祖宗你可不知道，我真是爱极了那个叫宋小宝的演员，前几日刚看了他演的小品《甄嬛传》，那宋小宝演的妃子妹妹可真是逗人极了。"说着凤姐便自说自演了起来，一人分饰几角，又演妃子又演丫鬟，手舞足蹈的模样引得贾母大笑："到底是你这皮猴，上蹿下跳得没个清净，真是恨得我想撕了你那油嘴。"凤姐笑道："回来吃螃蟹，恐积了冷在心里，讨老祖宗笑一笑开开心，一高兴多吃两个就无妨。"贾母笑道："明儿叫你日夜跟着我，给我演宋小宝的小品，也让我多乐一乐。"且说贾母问到宝钗近日追的什么星，宝钗心里想着老夫人爱听戏文，便开口回："几日前，李玉刚因唱贵妃醉酒而出名，我可真是喜欢极了。"贾母问道："是中间穿插京剧唱法的那个李玉刚？"宝钗见贾母也对他了解，可见也是喜欢的，便答道："老人家说着了，就是他，这几日，李玉刚在金陵开巡回演唱会，我恰在糯米 APP 上抢了两张他的演唱会门票，老夫人要是得闲，让凤姐陪着去看看也好。"贾母听了乐得合不拢嘴，想着还是宝丫头想得周到，时刻记挂着她。不一时，宝玉、黛玉相跟着进了这内室来，见众人脸上笑意阑珊，宝玉便迎上来笑道："姐姐妹妹们都在乐什么？"贾母笑道："还不是她们几个追星闹的。"宝玉回头直勾勾地望着黛玉道："近来妹妹可也追什么星？"黛玉向来是不喜热闹场面的，但碍于贾母在场才没有离去，便讪讪地道："我不曾追什么星。"

恋网游宝玉难自拔　真无奈贾政痛教子

崔铁成

话说宝玉吵着闹着要买台电脑已经有一个多月了，贾政听外人讲，网游这玩意儿极容易上瘾，若犯起瘾来，痴痴傻傻，怕是比那鸦片还要厉害，自是不同意给他购置。贾母见宝玉如此哀求，又是百般说电脑有多好，电脑对读圣贤书如何如何便利，便觉一个小小的电脑，能有甚威力，购置一台，倒也无妨。这日宝玉又扑跪在贾母面前，大谈电脑之妙。贾母见宝玉对电脑这般思慕，又疼惜宝玉，便唤来贾政，让他给宝玉置办一台罢了。

于是贾政挑了个吉日，便在怡红院内热热闹闹地添了台电脑，拉了网线。宝玉见了这电脑，心中十分欢喜，左摸摸，右擦擦，一扫连日的苦闷，竟连眼睛都放了光。晴雯和袭人见了也十分欢喜，纳罕道：不知这物有什么奇妙之处，竟能哄得宝二爷如此欢心。

话说买了电脑已有月余了，贾政也向众人打听宝玉有无沉迷于网络的事。只听得众人说，宝玉在电脑上下载了许多学习软件，整日不是咿咿呀呀地跟着电脑谝着英文，就是静坐于电脑前看先生讲课，似前日更进步了许多，这样下去，必是状元之才啊。说罢众人一齐恭喜贾政。贾政听了也渐渐放下心来。

又是半月过去了，宝玉忽从微信群中听说英雄联盟这款游戏十分有趣，大家都在讨论。宝玉不免心中痒痒，心想：这偶尔玩个一两把，也不多玩，想必不会上瘾罢。我且下载来玩玩试试。这样一想，宝玉便点击鼠标，下载了这款游戏。注册了账号之后，宝玉便凭着自己的伶俐劲儿，不消半个时辰就将这游戏玩转了起来。

宝玉边玩边啧啧称奇，不知这游戏是何人发明，竟如此好玩，今日真真是打开了新世界的大门了！不知不觉，宝玉连续打了好几把，忽听袭人在旁唤自己，原来袭人在旁边已经站了许久了，这是唤宝玉用晚膳去。宝玉心中一惊，自己沉迷游戏，不知不觉已这番光景了。

用罢晚膳，宝玉照例打开电脑，准备听一听夫子的精品课程，却一眼瞥见了英雄联盟的图标，心中又想：只打一把，只打一把就听课，不会有什么关系罢！说着便打开了联盟，开始了游戏。一把过后，宝玉虽意犹未尽，但还是勉强下线，点开了精品课程。这晚的课，宝玉听得心不在焉，终于是混混沌沌熬过了课程，一下课便打开联盟，开始了游戏。不知不觉，已至深夜，宝玉才恋恋不舍地上床歇息了。

话说这日黛玉正在写字，心中想起宝哥哥竟掉下泪来，写着写着竟泣不成书，伏到案上哭了起来。原来，宝玉竟有月余没来过潇湘馆了，怕是他已经忘了自己罢！黛玉这样一想，愈发心痛起来。紫鹃见黛玉这般梨花带雨，心中也替她难过，便告诉黛玉，听人说宝二爷最近迷上了一个叫英雄联盟的什么游戏，姑娘这般聪明，不妨在游戏里会一会那宝哥哥……黛玉听了，遂止了眼泪，缓缓打开电脑，进了游戏……

又过了一个月，贾政又打听宝玉的消息，听说宝黛二人如今竟是吃饭都在电脑前了！本以为宝玉竟爱学至此，心中大喜，遂不让下人通报，自己悄至怡红院探望。到了怡红院，只见宝玉蓬头垢面，静坐于电脑前，双目紧盯电脑，竟不知贾政到了。贾政凑近一看，勃然大怒，原来宝玉电脑上跑着许多小人，这不是游戏是什么！于是一巴掌下去，打得宝玉从座位上跌了下去。宝玉只觉脸上一疼，定睛一看，原来是父亲到了，心中大骇，浑身顿时萎了下去。贾政揪起宝玉，说道："我道你醉心于圣贤诗书，谁知你竟沉迷网游，你，你可真是气死我也！"又是一巴掌下去，宝玉眼前只觉冒金星。贾政方欲接着打这不成器的儿子，只听丫鬟说："老太太来了。"一句话未了，只听窗外颤巍巍的声气说道："先打死我，再打死他，岂不干净了！"贾政见他母亲来了，连忙迎接出来，只见贾母扶着丫头，气喘吁吁地走来，说道："不就是玩个游戏吗！值得动这般狠手？"贾政小心翼翼地向老太太阐明了这游戏之恶，贾母这才稍稍缓和颜色，警告贾政道："以后再若这般，我和你太太、宝玉立刻回南京去！"说罢，贾政只得连连赔罪，但却还是断了宝玉的网线，收了电脑，从此不准他再碰了。

《红楼梦》仿写

刘小慧

话说这日，几个姑娘忽地起了兴致，要往府外的师大路去置办些过夏的薄衣裳。正拥着向外走，宝玉风也似的追来，听说要买衣裳，便哀求与她几个同去。谈笑间，不觉已到师大路。

先进得第一家店，一行人都细细观摩起来。宝玉左顾右盼，忽见前面架上挂着一件桃红短袖，忙呼道："宝姐姐，你快来看，那件衣裳是最适合你的。"说着指给宝钗看。宝钗挪过步去，把那衣裳摩挲一番，道："布料倒是极好的，只是这颜色，未免有些落了俗。"宝玉辩道："桃红最是艳的，姐姐皮肤白皙，正好与这颜色相衬。姐姐穿上定是面生绯红，真真个是光彩照人的。况那《诗经》中不是说'桃之夭夭，灼灼其华。之子于归，宜其室家'吗，正合了姐姐的贤惠端庄。"宝钗听了，低头一笑，又道："也不知尺码如何，只怕太小，合不了身的。"宝玉争道："这又是姐姐多虑了，姐姐身姿婀娜，怎就穿不下它了？"说着把那衣裳从架上取下，直往宝钗身上比。黛玉和探春几个正在一边，见他二人去了许久，又听得宝玉对宝钗连夸不迭，把心中殷勤都献了个尽的，倒视她不见，当下心凉了几分。却说宝钗真把那桃红短袖买下，和宝玉一道回身陪姐妹几个闲逛。探春、迎春各挽了宝钗的手，争着要看她买的衣裳，唯独黛玉一言不发，只呆呆地打量两边架上的衣裳。那些五颜六色都没有合她心意的，一会儿便倦了。几个人品评种种，说说笑笑的，独把她落下。更见那宝玉最是高兴，毫无搭理她的意思。这般想着，越发不是滋味，就要落下泪来，便对他几个道："我这会子觉得乏了，身上不大舒服，你们逛罢，我就先回去了。"姐妹们见她有气无力，都说要同她回去，她只推不用，转身往回走。宝玉这时方着了急，跟上黛玉，黛玉只是不理。二人都怏怏地回到府中。

王熙凤智理荣国府　贾宝玉摔机千金笑

王菊

　　却说自智能手机这种事物在荣国府传开以来，王熙凤便用这新玩意治理起大观园，不仅察看府中人员出入、月钱发放精准得多，连招呼伙房准备膳食这些传话也省了，免得婆子们办事出纰漏。

　　不仅府中事物离不开手机，宝玉连同府中小姐们也对这东西爱不释手，吟诗聚会之事暂且靠后。那海棠诗会先是少了次数，后便改为在群聊中举行了。林黛玉自是喜散不喜聚，平日少在府中走动，早先唯中意这诗聚，现如今连这番都省了，更觉无聊。再是想到已是几日不见宝玉，忆起从前他二人随贾母一处坐卧时候，这日不知为何许久不来见，再一看手机里那人与别的姐妹交谈甚欢，自己既是想添上一句，却又暗想此番冒失可会叫人笑话，于是又气得独在房中垂泪。

　　正在这时，黛玉隐约听见门外声响，便问紫鹃是何事，紫鹃出门一探，急匆匆进来笑道："姑娘，是宝二爷来了！"黛玉听了一惊，忙坐起身子拭泪，心中又喜又气，一时竟不知如何是好。正想着，宝玉便进了门，一声"妹妹"还没叫完，便忙附下身道："怎得又哭了？又是谁得罪你了？"黛玉转过身道："好好的，我何曾哭了？"宝玉笑道："你瞧瞧，眼圈儿还红着。还撒谎呢。"黛玉想到自己刚为了眼前这人垂泪，一下子又羞又恼，冷冷道："自是哭了又与你何干？群里姐妹们大事小情还不够你关心？"宝玉自是明白过来，林妹妹不喜与人闲聊，这几日自己又没来看望，只怕她又多了心思，便连忙坐下笑道：

"好妹妹，我这不正因不见妹妹在群里言语担心你无趣，才特意过来的。她们我三言两语便打发了，唯有妹妹我是亲自要来看的。"黛玉听了这句，忍不住一笑，便转过来道："亏得你长了张巧嘴，尽是取笑我罢。"

宝玉见黛玉消气，想跟她说着叫她也多用手机与姐妹们聊天解闷，便拿出手机给黛玉看道："妹妹你看这手机真是个有趣玩意，凤姐姐拿它把府上理得井井有条，我们平日里也能联络，妹妹倒也多使使无妨！"黛玉一听"我们"二字，又想到群里的场面，"我们，我们"，何曾有我？于是顿生醋意，变了脸色将宝玉手里的东西推开，正色道："我不喜用这东西，你休叫我看见，你若是喜欢，自己与它玩去。"宝玉悔自己又多嘴惹了林妹妹生气，连忙收起东西，却又不解道："妹妹这是为何？这手机这样好，怎的不合妹妹心意？"黛玉道："我原是个糊涂人，不比你们聪明人用得惯。看你与其他姐妹整日在里面高谈阔论，愈发觉得自己愚蠢之极。"宝玉一怔，恍然大悟黛玉许是觉得自己用手机后生分了她。黛玉正生气着，忽见宝玉站起便把手中之物狠命往地上砸去，恨恨道："什么罕物！既是妹妹不爱，我要他何用！此后这消息我不看也罢！"

黛玉见宝玉突然这股痴癫，慌得不住哭泣，一面拭泪一面扶着宝玉道："少作些孽罢！"这宝玉却突然转身对黛玉正色道："罢了！这下我也成了'糊涂人'，便与妹妹一样了！"黛玉一听这话，嗤地一笑，心中又惊又喜，未曾想他竟真能因自己的性子弃了所爱之物，于是看着一地狼藉笑道："你真真是我命中的天魔星！"

痴宝玉梦游诉衷肠　苦颦儿斟茶了前尘

刘咏妹

话说自宝玉失玉之后便病着，近几日好些，便似从前一样和太太丫鬟们说笑取乐，哪一日不好了便躺在床上，整日昏沉着起不来，又或是疯疯傻傻，拉着人说些没头没脑的胡话。阖家上下为宝玉这病日日悬心，太太都不知在菩萨跟前求了多少日了，宝钗和袭人、麝月等人也是提心吊胆的，然请了太医也诊不出什么来，只得日日以温补的药将养着。

这日宝玉用过午饭后觉得身上有些乏了，可巧宝钗和袭人到太太那里回话去了，只有麝月在院子里，此时宝玉乐得身边没人伺候，便自己取了本《庄子》，随性翻着看了两页，只觉得头痛得紧，竟昏睡了过去。

也不知睡了多久，宝玉隐约听见门口有人说话，想起来却觉得身上似有千斤重，好不容易支撑着起来，听见耳边有个人笑着说："对不住，我们说话儿倒把你给吵醒了，是太太遣金钏儿送了玫瑰露来，你上次不是吃着喜欢，还有前儿老太太赏的牛乳茯苓霜，二爷想吃哪个？"听这声音，宝玉猛然一惊，醒过神来，竟是晴雯，还穿着那身家常的衣裳，与以往无半点区别。宝玉着实看痴了，一句话也讲不上来，倒把晴雯看笑了道："这日日见的脸，难不成今天长出朵花儿来，值得二爷这么看，别又是傻了，一会子林妹妹可就回来了。"

正说着，紫鹃便扶着黛玉走了进来，也在宝玉趴着的桌边坐下。一时宝玉悲喜交加，只怕是做了场梦，直想去拉林黛玉的手，可又怕造次了，惹得她不快，只能将手虚搭在黛玉那只袖子上。

没待黛玉张口，晴雯便先笑了说道："这成了婚，二爷倒越发谨慎了，之前吃在一起，住在一起，二爷还在二奶奶那里淘澄那些胭脂膏子，这会子倒连个手都不敢碰了。"黛玉一时羞得满面绯红，说："越发会说嘴了，看今儿个我饶你不。"说完便叫紫鹃去闹她。晴雯也是个厉害的，两人把脸上的胭脂给摸花了，黛玉便叫她们下去整理了再来服侍。

宝玉此时也顾不得那么多了，拉住林黛玉的手说道："妹妹何时回来的？身子还好吗？可真叫我想得好苦。"黛玉回道："你这口气倒像是和我许久没见了似的，咱们不是日日都在这园子里吗？我不过是去回了太太句话儿，何苦弄得这么生离死别的。"

宝玉被黛玉这么一说也有些糊涂了，往昔的事也好像记得不太清楚了。他见黛玉脸上气色极好，便将那其他事丢到一旁，只管喜道："妹妹看来是大好了。"林黛玉走到铜镜边凝神看了看，说："确是好了许多，这几日身上也不乏了，一晚倒能睡上五个时辰了，倒多亏了宝姐姐那燕窝，还有你那'金刚丸''菩萨散'。"宝玉回道："都是小孩子时的陈年旧事了，妹妹还拿我取笑。"黛玉好像有意臊他，只管吃吃地笑。宝玉见她头发有些散了，便走过去，从妆奁里取出篦子，替她拢上。

宝玉从铜镜的倒影里见黛玉的琴还挂在墙上，便央黛玉弹一曲赔罪，黛玉嗔道："我且没有扯谎，又何罪之有，难道小孩子的话便算不得数了？"然宝玉一味地求，只得取了琴来，说："便弹《长相思》吧。"说完洗手焚香，弹奏起来，宝玉一闻发觉竟是檀香。那琴声极好，宝玉听得越发痴了，那汉白玉石香炉里香烟袅袅，衬得那林黛玉宜发显得影影绰绰。一曲未完，宝玉却觉得有些头痛，好像脑子里有好多人在吵嘴似的，黛玉见他这样，便停下琴，走到他身边。

宝玉觉得身上越发不舒服了，却又怕林妹妹担心，便强忍着道："没大碍的，还请妹妹给我倒杯茶吧。"黛玉起身，从架子上取下一只绿玉斗，只倒了半盏茶递了过去。宝玉觉得这绿玉斗倒像是妙玉的那只，却也没力气细看，饮下那半盏茶只觉得又咸又涩，便问这是什么茶，林黛玉道："这是当年从家里带来的，你快回去吧，自然有人给你烹好茶。"宝玉听了这话竟急了起来说："凭谁有什么好茶，我倒觉得妹妹这茶便是最好的，细细品来倒有些草木的余味。"林黛玉一听这话，眼眶便红了，却没有眼泪流出，她看着那饮尽的半盏茶，说："事了了，宝玉，你从此好好的吧。"

约摸过了两个时辰，宝玉醒了，睁开眼。"你放心。""醒了，二爷醒了，太太，二爷醒了！"袭人麝月见宝玉睁开眼，便叫了起来，隔壁屋王夫人赶忙进来，抱着宝玉心肝儿肉地叫着，宝玉方才明白自己竟又昏睡了半日，看着一屋子人竟分不清眼前是虚是实，正在此时宝钗进前来，坐到床边说："睡了这半日，定是口渴了，快吃些茶吧。"说完接过莺儿手中的茶盏递给宝玉，是一盏雨前龙井，香气沁人。

《红楼梦》仿写

孙锦园

一日，宝玉来到潇湘馆看到黛玉在院中玩手机，心想：难怪近日里不常见林妹妹，原是她现在迷上了手机。宝玉见她如此痴迷，走过去问道："妹妹在玩什么呢？这等入神！"黛玉道："你是说谁呢！今儿怎得想起我来了？"宝玉道："听她们说妹妹近来越发不爱走动了，我过来瞧瞧，可是哪里不舒服吗？"黛玉道："姐姐妹妹们不常来我这儿，我只觉得无聊罢了，没什么不舒服！"

宝玉见她一直盯着手机，因问："妹妹可曾开微博？"黛玉道："不曾开，恰巧前日里刚差雪雁买进一账号，也想着与姐妹们一起消遣。"宝玉道："妹妹的 ID 可也有 V？"黛玉便思度着他有 V，故问我有也无，因答道："我没有那个，想来加 V 是件罕事，岂能人人有 V 的。"宝玉怕黛玉多心，便没有往下说。宝玉又问："妹妹既有了账号，为何不见妹妹与我聊天呢？"黛玉道："我这潇湘馆不比你们怡红院什么都是好的，手机反应慢且不说，单是这 Wi-Fi 信号也是极弱的。"宝玉看到黛玉满面愁情，越发觉得是他的手机抢了黛玉的网，便从怀中拿出 iphone 狠命摔去，吓得众人忙去捡手机。贾母听说后急忙赶来，一看那 iPhone 摔在地上，急得搂着宝玉道："你生气，要打骂人容易，何苦摔那进贡货，若是宫里的人知道了，还不定闹出什么事儿来呢！"宝玉道："家里姐妹们的网都不好，单我好，我说没趣，连个网上聊天的人也没有，想来是这 iPhone 抢了大家的网，我要这劳什子做什么！"贾母忙哄道："我的儿，网不好赶明儿让他们修一下就是了，何苦摔那进贡货，仔细你元春姐姐知道了。"宝玉想了想竟大有情理，只要姐妹们的网都修好了也就罢了。

朋友圈设言传心事　潇湘馆添情慰芳心

赵之淘

话说宝钗、迎春、惜春、李纨、宝玉等并众丫鬟们都在探春房里说话，独不见林黛玉，迎春因问："林妹妹怎么不见？好个懒丫头！得了手机魔怔了！"宝钗道："方才见颦儿发了一条朋友圈，许是近日里过劳了神，犯了旧疾，也未可知。"宝玉听了，忙去寻黛玉。

且说黛玉正倚着床栏杆，两手抱着膝，正在伤感，只听外面叫门，紫娟听了听，笑道："宝玉来了。"黛玉听了，待要不理他。紫鹃道："姑娘何苦来，无事闷坐，不是愁眉，便是长叹，宝玉来了也好解闷不是？"口里说着，便出去开门，果然是宝玉。一面让他进来，一面笑着说道："二爷快去瞧瞧我们姑娘罢。"宝玉道："妹妹可大好了？"紫鹃道："只是心里气不大好。"一面说着，一面进来。黛玉正眼也不看，只是隔着纱窗，调逗鹦鹉作戏。宝玉见这般景象，只说道："也不知道我哪里说话做事不周全，得罪了妹妹，妹妹或是骂我几句，打我几下，我都不灰心，何苦作践坏了自己的身子。"黛玉心里原是不理宝玉的，这会子听见宝玉说"何苦作践坏了自己的身子"这一句话，又见情意绵绵，因说道："你既这么说，我便问你，有了微信，却不加我好友，是何道理？"宝玉诧异道："这话从哪里说起？我第一个请求添加的好友就是妹妹啊，只是妹妹一直没有同意，我要是所言有虚，立刻就死了！"黛玉先是啐道："量他什么事！也值得拿这个来起誓，不嫌忌讳。"遂自悔自己又性急了，忙看了看手机，颔首道："是了，必是微信的消息提示延时了，也是有的。你别着急，这有什么，我现在同意你的请求便罢了。”宝玉瞅了半天，方说道：“妹妹若是不放心，大可看看我的相册。”黛玉细细看来，尽是她扛锄葬花，月下吟诗之景。心中有万语千言，不知从何说起，只能道：“你的话我都知道了。”突然看到宝钗发了新的朋友圈，勉强笑道：“原是宝姐姐撇下我们去滴翠亭戏蝶了，你何不去闹了她来，我梳洗罢便过去。”宝玉见此情景，只得慢慢地踱回去。

宝玉走后，黛玉只是怔怔地，捏着帕子暗自垂泪，忽见自己那条“一朝春尽红颜老，花落人亡两不知”的朋友圈下，已有了很多评论，置顶的便是宝玉的评论：“妹妹不想见我，我也只问一句话，今儿可好？吃药了没有？一日吃了多少饭？如今天又凉，夜又长，要多加件衣服，想吃什么就告诉我，我去回老太太。”黛玉见了这话，不觉又悲又叹：“你纵引我为知己，奈我薄命何！”想到此处，不禁滚下泪来，便一面拭泪，一面继续往下看，又见惜春评论到：“万事有命，倒不如铰了头发做姑子干净。”史湘云评论到：“二哥哥，林姑娘也犯不上生气，前日我听说把我做的扇套拿着和人家比，赌气又铰了，我早就知道了。”宝玉回复到：“罢了罢了，我说你难说话，果然不错。”顷刻，又见宝玉另发了一条朋友圈：“今天见了个姑娘，真真是绝色的人物。老天！你有多少精华灵秀，生出这些人上人来！”下面点赞者不可胜数，倒见袭人急道：“哎哟，我的祖宗，快收起这些歪话罢，便是老爷瞧不见，别人瞧见了，吹到老爷耳朵里，又有苦头吃了。”袭人倒也罢了，只见紫鹃过了一阵子评论道：“二爷还是删了这条朋友圈吧，我们姑娘才好些。”黛玉先还怔怔地看着，后来见说到自己身上，红着脸道："又与你这蹄子什么相干！"再定睛瞧去，这条朋友圈已不见了，黛玉止了泪，倒不觉笑了。

欲知后事如何，且听下回分解。

高考近香菱问卷　宝钗恨宝黛留洋

杨琪

且说香菱见众人正说笑，她便迎上去问道："你们看看我这次的模拟卷，若使得，我便还学，冲个一本二本。若不好，我就死了这高考的心了。"说着，便把考卷递与黛玉及众人看。

黛玉拿过卷子，独把政治与数学卷交与宝钗，笑道："这数学你一个理科生在行，便是政治也是精通得很呢！"说罢，瞅了宝玉一眼。

宝钗看得快，看完便道："你这次的模拟题比上次进步很多。照此情形，莫说一本，上个'985''211'也是大有希望的。可知俗语说'天下无难事，只怕有心人'。"香菱听了心下不稳，料着只是两科，还只管问黛玉如何。

宝玉抢过黛玉手中的卷子，只扫了一眼，便道："可可可。工工整整又规规矩矩，定是好的。"黛玉笑道："这高考也需创新，似我们这文科生，答案既要规矩也要有些自己的想法才好。"宝钗赶紧道："林妹妹说得极是，然答题没个经纬也是不行的。宝玉，你若有她这苦心就好了，学什么有个不成的。"宝玉不答。

黛玉见宝玉又说混账话，想到宝玉成绩平平，自己又偏科严重，不觉悲从中来，不由便问了宝玉："我上回说与你的那事，你考虑得如何了？"湘云抢先问道："是何事？怎的你俩偷偷摸摸，也不说与我们。"宝玉好不自在，只道："是出国留学的事。宝姐姐和香菱功课好，我和黛玉却是平平，一个成绩跳得慌，一个成绩偏得慌，如今风气渐开，若是可以上上洋人的学校也是可行的。若两人结伴也好于他乡无故人的生活。"宝钗只得笑道："你们想得可真真是好极了！"说罢便抽身回去了。众人你看看我，我看看你，也离开了。

《红楼梦》仿写

刘沛婷

此日天气正好，宝玉思量着要出门散步，便遇着姑娘们正说笑从院子里走过，与众姐姐问过好，却独不见林妹妹，心里琢磨着莫不是又病了。想到这，宝玉不觉加快脚步往潇湘馆去了。这时贾母与王夫人正在假山前面赏花，见了宝玉，忙拉住要他作诗来品一品这海棠。宝玉只顾想着林妹妹，恨不能择了这挡住去路的糟践玩意，哪还顾得上看它，更别提要作诗来赞它，匆匆向贾母请过安就走开了。

到了潇湘馆，正要推门，听得里面湘云的说话声："我的好姐姐哟，你可别再红着个眼睛，看得人怪挠心。"宝玉这下急了："好妹妹，是谁招惹了你，我替你教训他去，把他扔到九重天再搡进东荒，你可解气。"黛玉听了这呆愣的混账话，忍不住破涕为笑："只是有些想家罢了，哪用得你这般费神。"即使晓得了她不过想家而已，可看她眉头微蹙薄唇轻抿，心里仍是有万分不忍。"好妹妹，你若是难过，我便陪你一道去寻些书来看，可千万不能弃了我独个儿去伤神。"说着眼中也滴下泪来。湘云见状乱了方寸，忙起身拿绢子："哎，你们这是做什么呀，好好的晴日怎的这般心窄，快别哭了，看外头有什么趣事罢。"宝黛二人也自觉伤了景致，收拾了眼泪随湘云出门去了。

《红楼梦》仿写

陆沁怡

话说那年宝玉随了茫茫大士、渺渺真人去了，后听说水土不服成了海归。又不知过了几世，历了几劫，转眼便是西元两千零一十七年。宝玉、黛玉并一干姊妹，都考进了大观园大学中文系。这日宝玉和黛玉等人课间闲坐，瞥见黛玉笔记本上一首诗写得新奇，登时痴心大起，又大发他那番女儿男儿的宏论，说什么"女儿是水做的骨肉，男儿是泥做的骨肉，我见了女儿，我便清爽，见了男子，便觉浊臭逼人"，只因男子终日埋首功名前程，做些拾人牙慧、仰人鼻息乃至蝇营狗苟的勾当。谁知话音未落，便被黛玉一顿抢白："这是什么胡话！如今女儿男儿，自小便一样在学里念书，念的书一样宣传社会主义核心价值观，怎的一个是水，一个是泥？一个清爽，一个浊臭？分明一样背单词、做习题，分明一样从高考的独木桥上挤过去，分明一样整日里操心功业前程。依我看，要说是泥，女儿男儿合该一样是泥才是。你那套棺材里拎出来的歪论，还是快丢开罢！"

黛玉学篮球脸红红　熙凤亲上场笑盈盈

李晨阳

　　雨后初晴，大观园内可谓热闹极了。前几日，薛家少爷不知从哪弄了一个叫篮球的玩意，这可是让贾府上下炸开了锅，人人都想去试试这个新鲜玩意儿，可没人敢去动这圆滚滚的球。老爷看那宝玉生性叛逆，但见这新鲜玩意儿却不敢上前，这气便不打一处来，即高声呼道："宝玉，为父看你平日里爱玩些，你便去领着大家乐一乐。"宝玉听言，本想拒绝，可又怕老爷发怒，便不情愿地走了出去。老爷又言："黛玉，你同他一路。"黛玉便一同走向院子中央。

　　迎春等众姐妹看见这一景不禁都为宝二爷捏了一把汗，宝玉虽生性爱玩，可何曾玩过这圆圆的玩意，看来今天是免不了老爷的一顿骂了。可谁曾想到，宝玉竟像曾把弄过这球似的，手法娴熟极了，拿着球就有规律地拍着，拍两步便扬手就把球扔向几米外的筐子里去，没曾想这球好像被施了魔法似的，平平稳稳地落在筐子中央。这引得众人一阵欢呼，连一向苛责的老爷也露出了微笑。宝玉反反复复地摆弄着，球都安安稳稳地进了筐，真是让众人惊讶。老爷看宝玉独自玩着，便又说道："宝玉，你教教黛玉，黛玉平日少运动，今日同你一道活动活动。"宝玉听言便拉着站在一旁的黛玉一同玩耍，黛玉本是姑娘家，对这玩意自然是没有什么天赋，可老爷开口，黛玉便不得不拿起球，学着宝玉摆弄起来。可黛玉这金枝怎是玩这的人，黛玉拍得手都发红，可这篮球就是停在原地动也不动。黛玉看球动也不动，羞得双颊绯红，宝玉在一旁反复演示，可黛玉依然拿这球没有一点办法，众人也是干着急。

这时，传来了一阵尖脆的声音："黛玉妹妹，让我来试试，看看这新鲜玩意有什么魔力。"众人寻着声音，便看见王熙凤笑着向院子走来，这下大伙可松了一口气，要论泼辣，熙凤可是贾府第一，相信这篮球也一定会被熙凤收拾得服服帖帖。熙凤走到黛玉身旁，一手拉住黛玉的手，一手拿起这篮球，对着黛玉说道："妹妹，让姐姐来帮你收拾这个玩意，都怪它让我怜人的妹妹羞红了脸。"说罢，这凤辣子便笑了起来，众人也都暗暗笑起来。黛玉也低头笑着，给熙凤腾开了位置。熙凤让宝玉示范了几番，自己便拍起来，凤辣子就是凤辣子，没一会便把这篮球玩得溜极了，有时竟随手一扔这球也进了那小小的筐子。几番过后，熙凤便对着黛玉笑着说道："黛玉妹妹这也没什么难的，怕是宝玉那男人的方法你学不得，让我来教你女人的玩法。"众人也被这话弄得笑声连连。这时，突然响起老太太的声音："玩也玩够了，都进屋吃饭去，熙凤你可别为难我家黛玉了，她可怎比得上你般泼辣。"这话惹得众人又是笑声一片，熙凤也识趣地说："黛玉妹妹不打紧，改日姐姐好好教你。"说罢，便笑着走进屋去，众人也跟着走进屋里。

林黛玉违心加好友　薛宝钗讨巧忙点赞

刘婷

话说元春做了妃子后，常从宫里托人捎些新奇玩意儿回府。这不月前又从宫中赐下手机来，府中各人一部，令得府中这几日安宁许多，缘是大家伙儿都藏于屋内研习这新鲜玩意儿。黛玉这会儿正与紫鹃捧着新手机逛那淘宝，欲购些春日里穿的衣裳。二人用手指在屏上点划着，不时发出阵阵赞叹与轻笑来，不断为这琳琅满目的货品和低廉的价格称奇。黛玉兀自叹道："如今这手机真真是个好物！"遂又与紫鹃叽喳探讨着挑选起来。

这时宝玉也捧着手机带笑进了潇湘馆，直到坐下，竟还未给二人察觉。宝玉嗤笑黛玉入了迷，但只见她对着手机浅笑，又竟转念羡慕起这手机来：千金难买林妹妹一笑，这小小的手机竟能办到，奇也！伸手便去夺黛玉的手机来。黛玉抬眼看他，不由蹙起眉来，恼道："快还我！"宝玉不允，二人笑闹了一番，仍复坐下。黛玉拿回手机，嗔笑道："你不好好研究这玩意儿，跑到我这儿来做什么？"宝玉也掏出手机，道："林妹妹还不知道吧，这手机可以下载个微信的，加了好友后还能与大家聊天，点开朋友圈还能看到大家伙儿平日里的动态的！来，我教你。"说着便给黛玉申请了个儿微信号，首先给自己加了林妹妹好友，又一并加了贾府各人，才还与她。黛玉看通讯录里存着贾府上下百来人，直叹惊奇。

宝玉于潇湘馆中正与黛玉谈笑间，只见宝钗款款地走了进来。宝玉见宝钗进来，笑道："宝姐姐，近日这微信朋友圈，真真有趣，不知你用过不曾？"宝钗笑道："我早装上了，府上各人都加上了，平日里有个什么大事小情，还能在群里说道说道，或发在那朋友圈里，极方便的。"又转而对黛玉说："颦儿可知此事？未见妹妹发来消息的。"宝玉忙解释道："我方才刚给她教了用法，还不熟悉，宝姐姐莫怪。"宝钗笑道："那妹妹现在将我加上便可。"说着直拿过黛玉手机来，把自己加在通讯录里了。黛玉颇为不悦，却不得不从，心里咕哝着：谁要与你做什么好友。仍复拿回手机，只不语罢了。三人又谈笑了一阵，便各自回房去了。

黛玉把玩起这新鲜玩意儿来。点开朋友圈，只见宝钗刚走不久，便发了条"今儿天气真好，在院子里捉了会儿蝴蝶，也是种乐趣"，并配了幅以帕拭汗之图。黛玉心里嘀咕：她何时捉蝴蝶去了，真会忽悠人。又一看更觉惊奇，这贾府上上下下百来人都给宝钗点了赞。再往下拉，黛玉便知了一二：原来宝钗给每人都点过赞的。"呵呵，宝姐姐平日逢人就点赞，看来也不是白点的。"黛玉给上边评论了这么一条。宝钗知点赞是个讨巧的好法儿，自此逢人就赞，乐此不疲。

且看黛玉继续往下翻，不料竟看到宝玉发了个："今天见了个姑娘，真不是一般的人物！成日在这园子里，身边这么多姐姐妹妹，个个都是绝顶美貌的，今天这个姑娘，我倒真是形容不出了！老天，老天，你有多少精华灵秀，生出这些人上之人来！可知我井底之蛙，成日只说现在的这几个，人是有一无二的，谁知不必远寻，就是本地风光，一个赛一个，如今我长了一层学问了。除了这几个，难道还有几个不成？"看罢，黛玉眉头一蹙，心中一酸，竟落下泪来，直叹自己身单命薄，还遇着这么个薄情寡义之人，直在心里暗骂宝玉。却只在朋友圈叹了句："唉……"刚一发出，宝钗立即给评了句："颦儿又为何事忧心？你身子弱，勿多劳心伤神，我这儿有些上等燕窝，择个日子送与你补补。"不多会儿，宝玉也来了句："林妹妹为何事伤心？明日我再来探你！"黛玉一下厌从心生，只觉这朋友圈无趣而伪善，索性将它关了去，眼不见为净，心里头倒清静许多。又转念想到自己没个爹娘，寄人篱下的，不得不时时关注府中各人的动向，只好将方才关闭朋友圈的念头作罢。心中更添了层忧愁，唯以帕拭泪……

得通灵梦幻遇黛玉　动真情悲喜游灵池

张佳伊

是日，宝玉吃了酒，贾母遂命袭人好生看管，不许再出来了。袭人、晴雯自然照办，早早服侍宝玉歇下了。那宝玉刚合上眼，便恍惚睡去，不知过了多久，犹似一白衣女子在前向他招手，宝玉既惊又喜，遂跟了她去。但见曲径通幽处，一白玉隧道若隐若现，近了，看到隧道上篆刻着"灵池"，又时有异香自隧道出。

正狐疑间，只见白玉隧洞内，黛玉正探出头往他这边张望，目中依稀有缕缕渴望，似喜而非喜。两人目光交织的一刹那，黛玉脸颊绯红，遂低了头不再看他。宝玉早看得痴了，半天乃反应过来，遂也进入了隧道。说时迟那时快，宝玉进隧道的那一刹那，一道刺眼的金光似乎从洞顶直射过来，随即一个女子的声音幽幽地传了过来："去吧，去吧，若能经受得了考验，也算圆了你们这对痴男怨女的梦。"宝玉似懂非懂，刚想问黛玉这是怎么回事，只觉地动山摇、一阵晕眩。再次睁开眼，竟不知身在何处。宝玉惦记着黛玉，不见黛玉，遂慌了神。所幸看到黛玉在不远处一块石头旁东张西望，宝玉自知是寻他，遂赶了过去。找到黛玉后，望望四周，这才感觉他们似乎在一个园子里。这个园子自不是他们所熟悉的大观园，然虽无大观园的"飞楼插空，雕甍绣槛"之奢华，也自有另一番小桥流水、曲径通幽之妙。见惯了大观园的富丽堂皇，宝玉黛玉反对此处的清幽之景生出无限向往之情。

二人顺着面前的小路，往里走。这时，几根柳条拦住了他们，拨开柳条，眼前忽现阳光，豁然开朗。只见一汪湛蓝的池水一览无遗，波光粼粼，清澈见底。天水一色，美妙绝伦。一直在狭窄的小路上走，忽见此处"别有洞天"，二人只觉视线忽然开阔，自是痴迷，连话也忘了说，只顾吮吸大地之灵气，沐浴清野之惠风。忽然，宝玉感到自己的靴子似乎踩到了什么硬物，只觉硌得脚疼，遂退回一步，弯腰捡起，竟是女子的金钗。正把玩着，黛玉也跟了上来。"妹妹，你看这是什么，好不眼熟，是宝姐姐常戴的那一枚吧，怎会出现在这里？"黛玉自然也认出来了，却故意装作不知，心道："别的什么都记不住，倒在宝姐姐的东西上越发留心。"又想到前个儿的"金玉"之事，心里越发不是滋味，竟不再顾及宝玉，一个人往前走了。宝玉心中暗叫不好，心里奇怪自己今儿怎么如此冲动，腿上已急急忙忙追了上来："妹妹往哪里去？等等我罢。"看到转过头来的黛玉红了眼眶，泪光点点，宝玉心里更是懊悔不已，禁不住抬起手来要替她拭泪，边拭边说："好妹妹，我说那话原是无心，别生气了。"黛玉听了这话，心道：我为你吃了那么多的苦，竟只是换来你一句无心之过。更是伤心不已，后退几步道："我本是命贱之人，比不得人家有金有玉的，原是我碍了你的好姻缘了。"一听这话，宝玉知她又想到了自己的出身，心下怜惜，更加后悔自己的大意。一时冲动，也红了眼眶："好妹妹，快别哭了，饶了我罢，只要妹妹能好，便是要了我的命也是值得的。什么金的玉的，我本就不稀罕！"说着，便要把金钗抛出去，黛玉看到宝玉着急的样子，心下已生不忍之心，又见他红了眼眶，说了这番知心话，自是感动。便也罢了，忙阻拦他："别扔了，既是宝姐姐的东西，待明儿回去，还给她就是了，别叫她着急了。"二人遂又好了。

接着往前走，只见前头又有一块石头，刻着"灵池"二字，忽然想到之前隧道上所刻的也是这两个字。顿时明白他们所在的这个地方应该就是灵池了。正欲接着往前走，却意外发现没有刻字的空白之处在阳光下似乎在发光，走近一看，竟是一串指甲大小的字。正欲细细辨认，竟又是一道金光射来，二人再次一阵眩晕，如坠云雾。欲知后事如何，且听下回分解。

《红楼梦》仿写

李梅兰

却说这日黛玉正在床上午歇，用手机偷着看了会微博。丫鬟们皆出去自便，满屋里静悄悄的。不多时，宝玉揭起绣细软帘，只见黛玉将手机撇在一边，眉目间尽是些忿忿之色。宝玉心中明了：黛玉自从上了微博，悲戚之色倒是少了，这闹脾气的小模样却是多了。今日定又是见了什么不顺心的事了。宝玉赶忙上前推她道："好妹妹，才吃了饭，不好好休息，又看这些气人的劳什子作甚？"黛玉见是宝玉，微敛了神色道："我这会子气得紧，你且先去别处闹会再来。"宝玉道："我往哪儿去呢，歪在你这怎都是好的，见了别人就怪腻的。再说了，好妹妹正在气着呢，我又怎的好意思去别处寻快活。好妹妹，你且跟我说说，你这是怎的了？"黛玉听了，心里倒是快活了许多，便问道："你可知最近热播的那个叫《三生三世十里桃花》的腻歪剧？"宝玉听了笑道："这是自然，袭人她们整日整日地说着，不知倒是我的过错了。她们总跟我夸着这剧又……"黛玉听着，忽然就不作声了，转了个身，便朝里头躺下了。宝玉方知黛玉生气了，抓了只枕头，便在黛玉对面躺下，拉住她的袖子，道："好妹妹，你怎听到它就生了气呢？凡事都有个缘故，说出来，人也不委屈，怎好好的就恼了。终是什么缘故起的？"黛玉本就心绪难平，听着这般柔情的话，想着平日思虑的委屈，眼圈霎时红了，枕巾上一片斑斑点点。宝玉见她只哭不答，不知道是哪一句话冲撞了她，就觉着手足无措了，打点起百样温言款语，却见黛玉越哭个不住。宝玉便也不劝了，就呆看着，怔怔地将拭泪的帕子递了过去。良久，黛玉止住了哭，方才慢慢道来："这三生的作者唐七公子，竟是个不打好的人。窃了原作者文章不说，倒还说她的不是，真真气人得很。那个原作者，倒真是个奇女子，可惜这文章，倒是负尽了这文人的风骨。"宝玉这才听得了原委，面上也不忍住忿忿了起来，道："这唐七倒也是个没骨头的人了，没脸没皮窃他人之物，侥幸得一点名气却又不自惜。左右也是个粪窟泥沟里的人物了，好妹妹何必为这等人气坏了自己。"黛玉得了宝玉宽言，心下也有了些许安慰，情绪大起大落之后，竟是有些困倦了。宝玉见此，便道："好妹妹，你先歇歇，身子打紧。我明日再来看你。"黛玉心有不舍，却也抵不住这倦意，听得宝玉这番好话，也是睡了去。

黛玉点外卖记
王艺萌

却说今日宝玉用过午膳后，正朝着潇湘馆去。时值春日，一路上花红柳绿好不热闹。宝玉看着这路边儿的花花草草，心想："等会儿定要把林妹妹拉出门，这么好的天气，整日闷在房里，岂不是辜负了！"不一会儿，宝玉就看到了潇湘馆的牌匾，上去扣了几下门，紫鹃应声来开。

"林妹妹呢？可是在屋里看书呢？"宝玉边问边自顾自地往屋里走，不料想却被紫鹃拦住了。"哎哟我的宝二爷！你现在可不能进去！姑娘正生着闷气呢，你现在进去怕是也得不到个好脸色。"

宝玉诧异，停住了脚步："又是怎的呢？又是哪个惹林妹妹不高兴了？"

紫鹃朝屋里望了一望，把宝玉拉到偏僻处，"唉，还不是外卖惹的祸。林妹妹今儿中午不知怎的，不想吃小厨房做的饭食，自个儿鼓捣着点了份外卖，可谁曾料想，那送外卖的小厮竟整整来迟半个时辰……""什么劳什子！我寻他说理去！"还没等紫鹃说完，宝玉就气冲冲地作势往外走去，紫鹃赶紧拉住："哎呦我的爷！你可就先别添乱了吧！先等我把话说完呀！"宝玉只好站定，气仍未消，挥手示意紫鹃继续说下去。

"来迟倒也不是多大事，可偏偏今日点的外卖又不合姑娘胃口，姑娘本就气着，一看那饭食竟是如此没有食欲的，索性一气之下不吃了。可这个点儿，厨房又是没有午膳的了，我想着让厨房再做一点儿给姑娘吃，可姑娘赌气，竟是说自己一口都不吃的。"

"林妹妹怎的这么不爱惜自己的身子呢，饿坏了可怎么办！"宝玉担忧道。"谁说不是这个理儿呢！我劝姑娘劝了好一阵儿，可姑娘只是赌气说，她寄人篱下本就让人讨厌了，不愿再生出许多麻烦来，宁愿饿着。唉！"

宝玉听完，站定一会儿，说道："还是我进去劝劝罢。"紫鹃点头道："也好，让姑娘把饭先吃了才是要紧。"

宝玉掀开帘子进屋，看到黛玉正坐桌前捧了本书看，可那模样，却是半个字都看不进去的。宝玉凑到桌前："好妹妹，在看什么书呢？"黛玉抬头，见是宝玉来了，不答话，只是把书面翻过来让宝玉看。宝玉看后笑道："妹妹先把书放一放罢，今儿中午午膳做的不是很合我胃口，我没吃几口就不想吃了。可谁曾想现在就饿了，所以就叫厨房做了几道爱吃的，想叫妹妹一同去呢！"

黛玉合上书，冷笑道："你那小伎俩，以为谁看不出呢！怕是听紫鹃说我今儿午膳没吃，才编了这借口来哄我！"

"唉！"宝玉低头，故作懊恼道，"果然妹妹冰雪聪明，是哪个都骗不了的！何况我又是个顶愚笨的！唉！"

黛玉见他如此模样，不由噗嗤笑出声来："你这又是作哪出戏呢！哪个又敢说你愚笨！事到如今我倒不敢不和你去了，不然怕是别人又要闲嘴，说我嫌他们宝二爷愚笨呢！"

宝玉听了不由喜笑颜开："妹妹这可是答应要去了！不许

反悔！"

黛玉扯着帕子笑道："答应了，答应了。"

《红楼梦》仿写

庞雪迎

这日，潇湘馆凤尾森森，龙吟细细，林黛玉看书看得有些乏了，抬头恍见日色已暗，暗叹竟一日过去，也不见宝玉来找她，丫头们不知哪里顽皮去了，没个人和自己说说话解解闷儿，便拿起手边的手机准备看看微信有没有新消息，见朋友圈里显示有宝玉的新动态，便顺手点了进去。"今天见了个姑娘，真的不是一般的人物！成日在这园子里。身边有这么多姐姐妹妹，个个都是绝顶美貌的，今天这个姑娘，我倒真是形容不出了！老天，老天，你有多少精华灵秀，生出这些人之上人来！可知我井底之蛙，成日家只说现在的这几个人是有一无二的，谁知不必远寻，就是本地风光，一个赛一个；如今我又长了一层学问了。除了这几个？难道还有几个不成？"黛玉看到这里心里不禁灰了一截，两眼望着门外的满天晚霞呆坐着，不知何时洒了几滴泪。自觉无味，便转身早早卸了残妆，倚着床栏杆，两手抱着膝，眼睛含着泪，好似木雕泥塑的一般，不知过了多大一会，只听门外有急匆匆的脚步声，知是宝玉风尘仆仆地前来，便转身躺下假装睡了。

宝玉一进门便兴致满满地向黛玉讲今天自己和北静王出去遇到的新奇事儿，说了好大一会儿，方才感到气氛不对，见林黛玉冷冷清清，丝毫没有搭理自己的意思，便走到床板关切地问道："妹妹今日可是身子不舒服？"林黛玉冷笑道："我身子适不适与你何干？"宝玉听了这话自知黛玉生气了，却不明黛玉生气的缘由，问道："好好儿地又生气了？就算是我的错，你到底也好好说句话让我明白自己错在哪儿了？"黛玉冷言道："我怎么敢生你的气，如今姐姐妹妹的这么多，除了家里的还有外面的，横竖有人陪你玩，比我会唱又会念的，你来管我作甚？"宝玉听了这话，心知就是今天自己那条朋友圈惹了祸，只贪图一时之快却忘了屏蔽林妹妹，不成想被她看到了，自知理亏，一时之下竟想不出该说些什么好，便道："我自是不敢管你，只是你自己糟践了自己的身子呢。"黛玉道："我作践了自己的身子，我死我的。"宝玉面红道："又说死啊死的，你要是死了，我就做和尚去。"黛玉不语，宝玉见状，又急又气，说道："不来还罢，一回来怡红院还没踏进，就先跑到你这里来了，本来兴致勃勃好多话想和你说，不成想倒还惹得珠啊泪啊的。"黛玉听了愈发生闷气，本来止住的泪又抽抽搭搭流个不停，一时之间，两人都默不作声，这时宝玉的手机响了一声，提示微信又有新消息。

《红楼梦》仿写

宋凌云

且说近日来《中国诗词大会》火遍大江南北，在荣国府也掀起了收视热潮。府中上下诗兴益然，从金戈铁马到琴棋书画，从大漠孤烟到水墨江南，从忠肝义胆到千里婵娟，人人作诗吟诗，好不惬意潇洒。

香菱前几月方拜在黛玉门下慕雅学诗，加之诗词大会的激励，更是痴迷其中，难以自拔。日日在蘅芜苑中，耳不旁听，目不别视，诸事不顾，三更以后还在灯下苦读。王摩诘的全集、老杜的七言律、李青莲的五言绝句，早已细心揣摩熟透了，昨个儿在宝钗处借到几本敦煌残卷，更是爱不释手，直到四更将阑，方渐渐地睡去。可一时天亮，便又早早醒来，想起前几日见园中春色正好，便闲吟几句，会做一首《春意》，还未拿给黛玉评点一番，便忙忙碌碌地梳了头发，兴冲冲地往黛玉那边去了。

潇湘馆里黛玉已经梳洗完毕，正回看诗词大会。"武妹妹年纪轻轻，却满腹诗书，才思敏捷，出口成章，还一骑绝尘，摘得桂冠，让人好生羡慕呢。"黛玉看得入迷，竟不知香菱已经来到自己身前，惊了一下，又莞尔一笑，拉着香菱的手坐下。"今日怎么来得这般早？""我前日作了首《春意》，还请姑娘替我瞧瞧。"黛玉接过稿子，只见其上写道是：

青山绿水艳阳天，野草青青燕子还。

无限风光浓似酒，倾杯醉意枕春眠。

黛玉看后，点头赞赏道："近日苦学，功夫究竟是没有白费，作诗的功力真真是精进不少。""姑娘说笑了，我这皆是闲诌而成，语言浅俗得很，见不得什么深意。""可别说这俗不俗的话，你可知这大俗之中也有大雅的时候。只说这白乐天的诗平白如话，可这兼济独善之意却是谁也比不上的。而上官仪、沈佺期、虞世南之类宫廷文人的诗作倒是极雅，只是像那样的官味十足反倒过于穿凿雕琢，落了俗套，失了自然，无趣得很。"黛玉继续说道："缘情而发，随性而作，信口随手，率然成章，言近旨远，发人深省，别具一种淡而有味的诗趣，方是作诗的上乘境界。"香菱答道："姑娘说的极是，倒是我浅薄了。"

两人正谈得起兴。只见侍书来到潇湘馆，打帘儿进来，"林姑娘，昨个儿我家姑娘与众人说好比试飞花令，二爷、宝姑娘、四姑娘等都到了，你也快些去秋爽斋吧。""净顾谈诗了，竟忘了与三姑娘的约定，我这就随你来。"黛玉说着，三人便一齐往秋爽斋去了。

要知秋爽斋飞花令如何，且听下回分解。

《聊斋志异》仿写

柳三娘

张金华

罗阳，柳州人。绝慧，十二岁入泮。才华横溢，世人奇之。阳好音律，惜伯牙子期不遇。阳春三月，阳与友饮于香山湖畔，曲水流觞，畅叙幽情。谈笑之间，悠悠琴声传来。阳曰："此何人抚琴？如怨如诉，似有情思流转。"语毕，闻声而寻，至于茅屋前。但见梨花满院，有女抚琴花前，素手调弦，悠扬传远。沉醉其中不觉有人至。阳亦忘情。一曲毕，阳回神揖礼曰："小生这厢有礼，在下姓罗名阳，游于山林，闻姑娘琴音而至。"少女颔首回礼，曰："柳三娘。"阳曰："闻柳姑娘琴音，阳受益匪浅。小生同好音律，可否与姑娘略论操琴之道？"少女曰："可。"于是论音弹琴，至日落西山。阳曰："今日畅谈，忘乎时辰。打扰良久，心甚疚。就此告别，他日再访。"三娘曰："夜暗林深，山路难行，本应挽留宿寝，唯女独居，恐有不便，但送公子出林。"三娘送阳出山。

既回，天白月隐。阳母见之，惊喜而涕。昨日阳至晚不归，罗母心忧，派人寻之，无果，忧心烈烈。今见小儿，不觉喜极而泣。阳甚愧，谢母曰："今日之事，是儿错，令母忧，心甚疚。昨日偶遇知音，相谈甚欢，不顾时间，事不过二，请母宽心。"遂闭门不出，惟思绪万千，辗转反侧难眠。佳人颦笑，如在眼前。奈何镜花水月，梦影成空，无法相见。唤贴身书童，告知所以，命其寻之。书童即往山林访寻多时而无果，归以实告阳。阳曰："怎奈思君不见君！犹豫再三，亲往以见。"

阳入山林，缘路寻屋，顷刻便至。私心曰："无赖书童，偷懒撒谎，必重责之。"敲门以待。三娘应门，阳喜而入。交谈间，三娘曰："公子可知宋代苏轼？"阳曰："闻之。""苏子曾作《琴诗》以言琴音妙处，公子可知？"阳曰："未尝闻也。"三娘曰："'若言琴上有琴声，放在匣中何不鸣？若言音在指头上，何不与君指上听？'苏子之言，其味无穷，吾虽爱音律，抚琴调弦，却不知以何答苏子之问，公子可解与否？"阳思之片刻曰："小生不才，难解姑娘之惑。但吾闻之《楞严经》有言云，譬如琴瑟、箜篌、琵琶，虽有妙音，若无妙指，终不能发。不知此言可解姑娘问之一二否？"三娘曰："此言甚是，多谢公子。三娘自与公子相识交谈以来，引公子为知音，如不嫌弃，唤吾三娘即可，免得生分。"阳喜溢眉宇，应诺。欢喜而归。此后，日日来此，与柳三娘论音弹琴，不亦乐乎。

来之愈繁，情之愈深。一日不见如隔三秋。罗母见此，心疑，命阳携琴女来府见之。罗母思之："如果贤良，成就一番姻缘未尝不可。如若不然，则当断立断，陷足太深，则难脱身。"

阳以母语告柳氏，柳三娘曰："妾身卑贱，难入贵人之眼，况吾母曾言，人世险恶，曾命吾誓，永不下山。吾恐难遵汝母之命。"阳惊。乃曰："吾曾想娶汝为妻，不能下山，且为之奈何？"柳三娘曰："知音相伴，何必夫妻。"阳默然不答，神魂丧失，怏怏遂返。至家，垂头而睡，不语亦不食。母忧。请医视之，灌以汤药，未见起色。又请术士，士曰："吾视其周身，似有妖气。常人难以觉察，公子近来可有异常之举，请告之。"罗母具实以告。术士曰："香山密林，禽兽出没，区区女子，怎可独居，此必妖异也。待我除之，痊愈指日可待。"术士至山，斩杀柳三娘。三娘死，化身厉鬼，寻之阳前。阳见柳三娘，不觉大惊。阳曰："三娘曾言，誓不下山，今日来此，为何？"柳三娘曰："三娘以公子为知音，倾心相慕。因吾本花妖，不能与汝结为夫妇，恐折汝阳寿。料想如若可与公子日日相见，虽不是夫妻胜似夫妻。何故公子生怒，派术士杀我，令吾为厉鬼，永世不能超生？公子此前之言，如今想来，真真假假，三娘难辨。"阳曰："何有此言？我心可鉴，日月为证。吾不曾做此。三娘此来，吾知汝心。三娘去，吾亦不久活于世。待吾死，同为厉鬼，与三娘相伴。"翌日，阳绝。果为厉鬼，相伴三娘。

王生

时铭秋

王生，金陵人也。夜归房，欲读书，昏昏然欲睡。忽闻声细如蝇，呼曰："君明日无入山中，否则必有大咎！"醒而视之，左右无人，遂未在意梦中所闻，仍于明日应友人之邀。行至山中，只见愁云惨淡，阴风怒号，山雨欲来。正所谓："雾惨惨兮云冥冥，猩猩啼烟兮鬼啸雨。"王生惊惧，以为鬼怪。俄而山雨倾泻，山石乘势而下。王生中石，不省人事。

不知何时，王生惊醒，不知身在何处，遂于山中独行，以期得救。然每至一处，山重水复，路极曲折，迷不识道。值红日西坠，悲风怒号，思觅一石窟借避虎豹。踟蹰间，见一女子容貌姣丽，却着缟素衣裳，淡雅别饶风韵，于溪边掬一瓢饮。王生至前询路于女子。女云："此山中无多居人，前峰峦密处，是我所居。而今天色昏暗，恐有虎狼伤汝性命，且偕同归至我家，稍事休息，再谋长远之计。"王生欣然应允。

及至女舍，虽是茅茨土阶，却颇有清幽之气。生观女子，蟒首峨眉，巧笑倩兮，又具仙子之态，遂倾慕之。然生非好色之徒，居于女舍，秋毫无犯。

次日，女子曰："吾观天象，此数日恐又有雨。汝且暂住几日，待天晴再去不迟。"王生曰："蒙汝好意，生感激不尽，岂敢再作叨扰，吾其去矣。"女子曰："痴哉！痴哉！汝竟未解吾意！"王生幡然而悟："予慕汝多时，畏汝以我为轻浮之人，遂未表露心曲。"女子答曰："君如不弃，愿为君白首之耦。"二人遂结为连理。

如此三年，男耕女织，恩爱备至。然天有不测风云，一日，女子行而未归，生方入门，门旁立黑白二公人，以索系其项曰："尔在此耶！吾等奉王旨，搜罗孤魂野鬼者，牵赴曹市行刑。"生闻言大惊，谓二公曰："莫非误矣！吾何尝死也？"其一曰："汝于二年前见击于巨石而死，吾等一时疏忽，未及时拉汝入曹，竟至遍寻不见。是以汝魂游四方，为山中狐精所匿，故不为吾等所不获。"生听罢大恸，二公遂牵其而去。

血树

崔铁成

余幼时尝闻，学校原为墓地，因童子阳盛，欲以镇其阴也。虽然，每至夜深，校舍俱空，阳衰不能抑阴，遂常有诡异生。余小学，有一大桐树，成人不能合抱。时有人称，此树下埋一死人，若以针刺树，当有血出。

吾等年幼，惧之，深信无疑，不敢近树。后有一伴，稍长于我，言曰："校有异树，常闻刺之泣血，与汝往试之，何如？"吾大惊，其又言："我等白日往之，莫惧。"听之稍安，心亦动之。又劝，吾遂横心与之往。

及至，吾伴取一钢针，刺入树寸余，拔之，然未见血出。吾等疑，复刺数处，皆无，遂失望而去。

呜呼，世之异事，多讹传哉！起初人述之，后以讹传讹，玄之又玄，远非事之原貌，鬼怪遂生焉。然人皆深信不疑，未敢试之以破流言。敢试以破者，可称为勇者也。

阿魇

王菊

辽地有富商名马庸，其夫人王氏生有二子，及后产女，难产而亡。马庸以其女为天煞灾星，恶之，起名曰阿魇。阿魇虽

卷二 散文

为亲女，然洗衣做工与奴仆无异，每浣兄衣至三更。

马氏二公子皆好畋猎，未曾料竟相继被犬逐，咬伤致亡。马庸深以其女乃天煞灾星，悲痛之余愈恶之，然愿得良婿富其家，且忧阿魇复遇恶犬，遂闭之于闺房，整日习琴棋书画，终使阿魇抑郁成疾。

及至笄礼招亲，有张氏公子名献，身长八尺，善骑射武功，亦好作诗属文，风宇不凡，虽父母双亡而能经商富家。马庸甚喜，唯忌其名中含一"犬"字，然卒嫁其女。婚后两人琴瑟和谐，阿魇亦日渐康乐。

越明年，张献染疾，竟病入膏肓卧床不起。逾两月，阿魇起后不见张生，却见榻上终一信。阅之，知为张献留言。信曰：阿魇于王氏腹中时，马庸经商迷途于荒郊，饥肠辘辘，后猎得一犬，杀之方知其有孕，彼三只幼犬已成形，故弃之未杀。此三幼崽即张献与其兄。此后王氏生女便难产而亡，马氏二公子亦被其兄咬伤致死。阿魇不出闺门，张献便修炼化为人形，欲近而杀之。然张献婚后感其美善，日益怜爱，及至大限将至，不忍杀之，遂自化犬而遁。

阿魇读罢泣涕如雨，忙出阁追寻，觉府中喧闹，原是乱棍打死一犬。阿魇奔至，抱犬痛哭，竟至几日失明。

此后阿魇日渐憔悴，一日托赶集名遁至荒郊，欲葬身于恶犬。不料野犬至，嗅其身竟皆离去。

阿魇心愿未果，寻病终。

张生

刘咏姝

张生，名远，邬洲人，性慷爽，为人仗义疏财。家道殷实，有良田百亩。与妻恩爱甚笃，膝下只有一子，名齐。有莫逆之交王生，家贫，早年丧妻，只有一女名樱儿。后王生为人诬陷下狱，其女尚幼，无以应讼。张生为其奔走，上下打点，散银无数，方得周全。及出狱，王生携女拜曰："救命之恩，无以为报，他日若有需要，赴汤蹈火，在所不辞。"又取一钿盒，一分为二，各留其一，以示永结为好。后王生母亡，遂携女北上奔丧，杳无音讯，众人以为不义，独张生不语。越明年，张生经商为人所骗，遂变卖田地，携妻子迁居城郊旧宅。

逾九年，有一女携钿盒登门，见张氏夫妇，自曰樱儿。因父病亡，遂来投奔，张生喜，其妻不说。时张生子齐，已加冠，然功名不就，遂欲从商，张生倾全家之力，取四十两，与之为本金。樱儿告张氏夫妇曰："兄若市葛，可得微息。"张生疑，令以十两贩葛，后竟得双倍之金。大喜，其后凡张齐行商，樱儿必加以指点，无不得利，家资日丰，几与先日无差。

张生欲聘樱儿为张齐妻，遂使夫人问之。樱儿拜曰："承蒙伯父错爱，我本非人，先时与父北上奔丧，丧命于连鞍山强盗之手，然先父难忘大恩，以实情禀阎王，阎王遂许我于今年返阳，替父报恩，而今夙愿已了，再难久留。"说罢，随风而逝，只留半扇钿盒于地。

张生闻之太息，亲赴连鞍山寻王氏父女尸骨，然年岁久远，终无果。

小狐

孙锦园

张生，山东人。相貌端庄，博于诗文，而家素贫。又有老母，体弱多病，生常侍于左右。身无长物，唯日为人书画以自给。行年二十有五，仍未婚娶。一老妪携其女寄居其邻家。一日，生临窗习画，见女子自母房出，年约十八，花容月貌，秀曼雅丽。生入问母，母曰："此女尝就吾乞食，言其止一老母，家无隔宿粮，度日艰辛。"生闻之，每获粮，必送此女，女甚德之。由此往来渐频。一日，二人情起，共眠于榻。既而戒生曰："事可一而不可再。"

积数月，其母死，生为葬之，女由是独居。生求娶之，女曰："既已夫妇矣，何必复言嫁娶乎？"生归家，具以告母。母曰："聘之不可，而私于我儿，此女异哉！"一日，女告以生曰："妾孕已八月矣，恐将临盆。"生闻之，大喜。又月余，诞下一儿。女曰："俟夜无人，可即抱儿去。"生归与母言，窃共异之。夜往抱子归。

又数日，夜将半，女忽款门入，手提包裹，笑曰："大恩已报，请从此别。"急询其故，曰："妾本瀛洲小狐，路遇险而伤，幸令母相救，得以活。令母之恩，日萦于心。家母病危，吾无以为力，幸君照拂，得以善终。今君福薄无寿，又贫而不能婚，遂为君延一线之续。今君德已酬，我将去矣！"方欲问所之，瞥尔逝之。生叹惋木立，如丧魂魄。明以告母，相为叹异。未三年，生果卒。子十八举进士，奉祖母以终老。

萧逸

赵之淘

金陵萧逸者，名士也，风流蕴藉，议论英发，以词章雄一郡，然无意仕进。性殊不羁，喜游名川大山，历奇险之境。

因其文名噪甚，远近来访者络绎不绝，逸不胜其烦。恰值仲春，逸欲一游。遂乘舆前往，中途突改意，弃车乘舟。少时，眼前豁然开朗，柳暗花明，小桥流水，别有洞天，仿佛桃花源也。逸大喜，曰："如此奇境，必有奇人居焉！幸勿失之交臂。"忽闻琴声，婉转有致，悠扬和婉。如山泉出于岩石，潺潺而下。逸寻声而去，见一女子树下抚琴。行近视之，则琼姿花貌，耀如春华，韵致无双。逸不禁神为之夺，目不转瞬。一曲终了，女方见公子，双目炯炯，赧然道："此乃不才覆瓿之作，有辱公子垂听。"瞬时颊晕朝霞，如竹叶含露，莲花半吐。二人谈及琴音，吟诗作对，品茗论道，竟大有相见恨晚之意，不觉日影衔山，月痕映树，及至东方既白。

相交十数天，二人情日密，终结百岁之好。可谓玉树琼枝，佳偶天成。花间觅句，月下联吟，闺中之乐，远甚于画眉者。伉俪之和，唱随之乐，皆可知也。

然一日，女晨起临镜理妆，凄然不乐，忽告生曰："妾与君尘缘尽矣！君前程无限，愿自珍重。"言讫，瞑目趺坐，无疾而逝。逸哭之恸，既而将女葬于初遇之树下，立石碣墓上，题曰："人间天上两茫茫，何处觅芳魂？"自此，每思及女，拳拳不忘，常看花落泪，对月长吁，感碧落黄泉以相隔，叹琴边衾里之无缘。渐骨立形销。

期年，逸自觉时日无多，即独坐幽篁，弹琴长啸，歌曰："绿兮衣兮，绿衣黄里。心之忧矣，曷维其已！绿兮衣兮，绿衣黄裳。心之忧矣，曷维其亡！绿兮丝兮，女所治兮。絺兮绤兮，凄其以风。我思古人，实获我心！"其声如泣如诉，凄神寒骨。闻者惊心，见者落泪。

一日忽空中音乐悠扬，一女子现于云际，霞披星冠，丰姿秀逸。逸仰而视之，即亡妻也。逸老泪纵横，下沾襟袖，因问："前许比翼连枝，生死相随，今日重降尘寰，何以不践此约，岂故作虚语乎？"女泪眼迷蒙，水光莹莹，曰："唯愿君身长康健，百岁无忧。"逸对曰："花开彼岸，叶落无声，纵繁华似锦，岁月平安，花叶永不相见，于我何为？"女首颔之，遂以袖拂云，二人冉冉入云而去。

巫宅

陆沁怡

巫生，故家子也，少与某生同窗课书，情好甚笃，然不复会十余年矣。一日某生得巫生书，曰："学兄台鉴：十年契阔，万里暌违，今通尺素，问君无恙。念兄有松柏之质，而弟为萧然蒲柳。病笃，客冬以来，寒热不定，饮食不思，日僵卧榻上，每兴必仆。访诸名医，求诸百药，皆无验，盖赴黄泉之日在旦夕矣。念平生交游，唯兄而已，希与兄一晤耳。愿顾旧情，垂视下愚，勿惮修阻。年月日，弟巫生上。"言辞甚切。

于是生乃治行装，径抵巫氏之宅。既至，但见原野寂寥，冻云黯淡，荆棘遮道，时有狐兔出没，道旁有水潭一，其色墨黑如古镜，岸石嶙峋，犬牙差互。潭后有宅，垣墙依地脊行，窗扉洞开，幽邃如人眼，莎草生于户外，枯木生于庭后。

生叩门，俄有小童出，引生入。生登堂，药气冲鼻。室内清廓，宛然雪洞，几案床榻皆乌木制，略无装饰，但案上青瓷数盏，瓶中黄菊几枝而已。巫生强起，倚榻上，生熟视之，见其双颊陷落，神色惨淡，与曩时丰神少年殊判，乃大恸，持之而泣。某生曰："一何至于此乎！"又问所患何病。巫生默然，良久而对曰："异症也，未有名。风痰侵凌，喉生风雨，血凝筋滞，四肢强直，虚中重听，恶闻人声，萦结如盖，昏昏不明。然此皆未足道也，今精神越渫，思虑分屯，心神淡澹，嘘唏怨叹，悦怒不平，日则忧若醒醒，夜则惕惕不瞑。如此期年矣，命或将倾。"某生乃劝之曰："勉力强饭，以时服药，宽心地，延年益寿，未尝不可期也。"言未毕，忽见一白衣女郎，飘然自堂后入。某生大骇，惊起。巫生笑曰："是吾妹也。"引其妹见于生，自云名杏娘。杏娘筋骨轻盈，来去若无声，然形容枯槁，不减其兄。某生疑之，乃问巫生，巫生喟然太息曰："亦有疾，或先我而殁。呜呼！天亡我巫氏。"

某生居巫宅，日日无聊，唯与巫生读书作赋，弹琴弈棋而已，其间杏娘或一至，然不少留。巫生爱怪力乱神，藏干宝、方朔之书满架。一日巫生作诗曰："木叶飘零万树峰，江城鬼迹漫无踪。幽萤点点飞斜径，冷炬森森照圹封。独看青灯兰烬落，空悲惨夜月华浓。秋姿无奈惊风雨，吊骨何妨一入鄷。"是时雷电骤至，烛照四壁，俄闻厉声，破空而来。巫生惊起，倒屣而出，复入，神色甚悲，曰："杏娘殁矣。"某生亦泣。

自杏娘殁后，巫生愈憔悴，颗粒不进，日饮水而已，中夜常惊起，指帘外树影，大呼鬼魅。手不胜书，遂辍读，某生日为诵搜神、幽冥等类，欲遣烦醒。杏娘葬十三日后，某夜，巫生卧于室内，生为诵汉宫人复生事。巫生忽张目开视，眦睚欲裂，暴起，引颈，须眉上指，神色恐惧殊甚，厉声曰："汝闻之乎？杏娘来！"言讫，风声乍起，吹动帷幄。巫生绕室而走，愈疾，白衣飘拂其后，忽止，乃手之舞之，足之蹈之。唱曰："魂兮归来，反故居些！"唱毕，复环室而奔，舞蹈高歌，如是者三。生愕然，欲强止之，然终不敢。三唱既毕，巫生当户牖而立，四肢震颤，如中雷电。须臾，一女郎翩然入，行止无声，杏娘也。缟素挂于骨上，其上草茎、埃土驳杂，袖口有血痕。某生大惊怖，举足欲亡，杏娘张臂扑入，举指爪，将持之，忽扑巫生，扼其颈项，豸声而詈："我未死，兄何闭我长夜室！"巫生僵立若死，杏娘亦僵，倏忽俱仆。二人皆殁，白衣委地如蝉蜕。

某生乃亡，及奔至潭前，方敢反顾，垣墙梁栋颓然倾圮，落入潭中，倏忽无迹，但见尘埃冲霄而上而已。

屠猪

李晨阳

李宝，屠户后裔也。其辈皆屠夫，宝父亦望李宝继其业，然李宝生性胆小，不敢从命。某日夜，风雨大作，宝父喜屠猪于夜间，因今雨势过大，遂入屋，扔刀于桌上，入内室大睡。李宝同友人饮至半夜，酩酊大醉，归家，倒地便睡。酣入梦乡，此梦怪异之极，梦中一猪头人形之物笑声连连，并抓李宝之躯，似杀猪状。李宝惶恐不已，欲呼救，然张口却未可发声，只得连连却步，然此怪步步逼近，挥刀而下。李宝忽坐起拭汗，方知此为梦，然望见其父屠刀，脑中遂浮现梦中情景，惊恐不敢寐。此后多日，李宝皆作惊恐状，见屠刀时尤剧。宝父诧异，问其缘由，李宝一一告知，其父笑而未应。

数日之后，宝父于夜间屠猪院中，猪叫声连连，然宝父弑猪无数，未起疑心。方其提刀欲刺时，猪定眼望宝父，宝父大惊，晕厥倒地，此乃前日李宝所述之状也，故宝父大惊。李宝闻声出门，见其父倒于院中，即送其至郎中处。待其父清醒，李宝问其由，宝父述之，说罢，二人面面相觑。几经商讨，李家举家迁至他处，弃屠猪之业也。

倩娘

张佳伊

吴生，字太明，平乐人。少颖秀。早孤家贫，然有所得，必分施他人。一日，入山打樵，值大风雨，避身洞穴。有狐鸣，其声甚哀。生奇之，出洞见一受伤白狐，困于猎人之夹，其股血流不止。生不忍，遂抱狐入穴，去其夹，并为其包扎。日暮，雨乃止，生负薪归，而留狐于穴。

事后三载，一日生外出，道遇一白衣女子，容华绝代，然神色戚戚，似有不安恐慌之意。生欲问之，然观此处乱山合沓，寂无人行，疑之，遂趋步前行。然女子亦从之，生缓步，女亦缓步，生疾行，女亦疾行。生大骇，而观女子之貌、气质、举止，实不似害人之人，遂止步，问曰："敢问卿有何难事，戚戚至此？"对曰："妾身名唤倩娘，家住前方，今入城探亲，因故耽搁，天色已晚，前路愈险，妾身一人，实畏不测，遂于此候同行之人，不想巧遇相公，观相公气宇轩昂、仪表堂堂，有君子之仪，窃以为可托之人。惊扰之罪，还望相公见谅。"说罢，竟拜倒在地。吴生心思："相遇即有缘，况人命关天，虽不同路，何妨护送一程。"遂许之。问："家在何处？"女指前方，曰："不远。"遂相伴而行。已过山林，暮色愈浓。复问："家在何处？"指其左前方曰："不远。"若此者再，既行甚远，然观此女仍无止意，吴生既惑，亦悔，然终未有一词，又行数里，虽值严冬，生大汗淋漓。观女子，面色如故，步若莲花。吴生愈惑不解。又行数里，始见一房舍，灯火通明。女喜曰："至矣，至矣！"生乃拭汗，心稍定。既至，叩门，见一老媪扶杖出，倩娘指生曰："此恩公。"媪点头，而不言谢，因邀吴生入舍，生辞之不能，又疲极，遂入。既入，老媪供之以酒食，虽家常小菜，然莫不色美味鲜。既果腹，生固辞，女贻之以丝帕，送至门口，遂别。

既反，天已渐明。然未入村庄，已闻恸哭之声，既入，每家每户，皆有悲声。生大惊，然不明所以，问之邻人，老妪泣曰：昨夜强盗携刀至，掠财物，掳少妇，或持斧头以抗，盗怒，杀之。今村中无剩一男丁。当是时也，老妪泣，老翁泣，乳下孙亦泣，生亦深悲之。

生神思恍惚，思之，冷汗淋漓。登来时路，趋四十余里，然方圆之中，荒山野岭，哪有人家？奇之，出其帕，上无一字，唯一白狐绣其上。

异史氏曰："生尝有恩于狐，狐知是村将有难，故设计报之。呜呼！非特人报恩，狐亦知恩图报哉！"

卷四　人物传记

祖君传

朱丽婷

祖君讳国玉，甘肃平凉人也。始龀之年，学于乡，凡师之所授，皆能成诵，及舞象之年，辞故里西行，寻新式学堂。日受数理文史之熏染，思想渐开。期三年，谢恩师而归，教于乡，志立德树人，塑栋梁之才。

然天降恶疾于身，祖君因卧榻数月，食不能自给，行不能自专，然谈笑如故。举家奉侍期年，日服以药，夜伴于侧，未尝断绝，果愈。是时祖君初达知天命之年，赋闲居家。

祖君育有四子，皆自谋生计，兄弟和睦，共侍双亲。

余幼时伴于祖君侧。每放学至家，祖君立闭门，引余入堂中，授以诗。

今祖君已逾古稀，然行志不改。食有节，寝有规，朝耕夕读，晚观时事，勤苦一生至晚节而不改其志若此也。

河阳女

高文艺

家母少时贫且艰，然身为布衣，常忧怀天下。行年八岁，慈父见背。祖母生性温良，守节不移，供养家母及二舅父。穷乡僻壤，孤儿寡母见欺于人。家母性刚烈，以一己之力，护一家之周全。织布刺绣，引水浇园，挑担卖菜，以供家用。

家母常借书以观，每得之于心，必手录之。祖母告予，家母曾手录《辞海》。祖母叹曰："吾儿今日之学识见闻，皆以其勤也。"吾闻此，羞愧难耐，吾与吾母差之远矣。

家母乃河阳之女，似水清冽，刚柔相济。

张丽雪传

张金华

张丽雪者，鹤壁人也。祖籍濮阳，其祖父幼时举家西迁，徙鹤壁，遂在此成家立业。

丽雪父母皆为教师，丽雪幼即嗜学，且乘父母博学之便家藏万书之利，博览经卷，以致通晓古今。加之灵动乖巧，父母邻人无不爱之。

后入大学，益发奋，常读书至深夜，四年学成而归家，亦以教师为业。

初入此行，心不专一。一日，读书忽至"在其位而谋其事"时，茅塞顿开，遂备课精心，授业耐心。因获学生爱戴，同事赞扬。

方怡传

时铭秋

方怡，姓方，名怡，生于建国四十九年。祖籍山东日照。父尝为高中教师。生性正直，好读书，喜诗文。常执唐诗宋词，令其记诵之。故其幼时即能念诗诵文，邻人赞誉曰能。

中华人民共和国成立六十七年，参加文考。赴考当日，父曰："考场之上，不可多虑，在难易之间，择易从难之道，方可。"母亦曰："切不可心浮气躁。"

夏秋交替之时，出榜。录入陕西师范大学，专业汉语言文学。

初至校，颇感藏书阁内，书香之气悠然；学堂之上，文化之韵雅然，皆学习之佳所。闲暇之时，仍以笔墨纸砚、四书五经为友。

年复年，日复日。至今已十有九岁矣。因其父，外祖父母皆为人师，故决意学成承袭书香门第之衣钵，立志从教。培育祖国之栋梁，民族之脊梁，不愧于父母、恩师之栽培也。

杨氏传

卢文静

吾母杨氏，辛亥年生，湖北人也。母为家中长女，自幼多担家重，故其性不柔反刚，处事果决，于我之学亦严。犹记余幼时诵书，神不专，闻朋呼吾，遂释书以应之。母见之，厉声责吾曰："当时事应当下毕，学为先，玩列后，置后于前，岂有此理乎？"余逆之曰："天色尚早，且书可夜攻。"母闻之不言，余暗喜，正欲行，见母入室取绳，以之鞭地，声响震天。余甚恐，色变疾走，母后追，未出门便已觉绳鞭及身，似皮开肉绽，疼痛难忍。余哭声连连，誓曰："余不敢为也，日后必以学为先，汝勿鞭余。"母不应而鞭未止，且吾声愈大鞭打愈疾。事毕，皮现青紫，坐立难行。母叩门而进，予我膏药，令我自行为之，后无言而去，久难忘矣。于今，余求学于外，而家中无他子，余愈感母温柔可亲，再不复往日严苛。八月望夜，余于手机中见吾母，视其慈容，闻其细语，倍增秋思之情。吾母外刚内柔，教吾良多，纵今日两地相隔，但情丝难断，共赏圆月，遥寄千里相思。

灵女嘉钰传

刘艳芳

嘉钰者，江西人也。性活泼，为吾同窗。因其才智过人，性情灵动，故称"灵女"。

钰容貌甚佳，颇为人所亲近。柳叶眉，大眼炯炯有神。脸如鹅蛋，肤色白皙。面带浅笑，甚为和善。发黑而直滑，随风扬起，清纯至极。音如银铃，常与同窗和而歌。

钰投心学业，名列前茅。一日，群生同坐教室，各理学务。始则室静如水。忽一蜂从窗入，左嘤嘤，右嗡嗡，聒噪之声烦极也。俄而落一女同窗发间，女尖声叫之。众人哗然，皆观蜂，或笑之，独钰端坐于案前学习，心如止水。

吾与钰同窗之年，学务繁重，吾等皆愿向钰请教。钰言语流畅，才思敏捷，常使吾等觉悟。中学同窗三年，未有怨声。及高考放榜之日，钰中状元，后入高等学府，续以学业。

孙仟传

孙仟

孙仟者，陕南商洛人也。其先名孙谦，后不知何故更名。年十八入陕西师大中文系就读，于今已一年矣。初填志愿时，仟怀侥幸之心，然未尝料及为师大所录。因其父从教一生，故仟少时已深明为师之艰，始不愿承其父业。毅然填报各政法院校，后却录于提前批次，即免费师范也。仟曰："噫，造化弄人也！"然塞翁失马，焉知非福也？古语云："既来之，则安之。"如今既定为师，其亦下定决心，静心勤学，不负韶华，谨记"师者传道授业解惑"之古训。时光荏苒，现忝列于汉文卓越班，此班均人中龙凤，天之骄子，博学睿智，才识过人，乃该系之龙首也。仟自知不如，遂常怀奋进之心，以众贤为标尺，力改此前散漫之习气，窃思己才疏学浅，智不如人，亦知坚持付出倍于他人，方可勉强望其项背，遂拜师于众人。但愿不负于卓越，不负于吾师。

马希龙传

马雅欣

马希龙者，长安人也。世代布衣，幼时家贫，无从请师以教之。其姊尝积财欲供其学琴，期年，所蓄不足半，遂弃其念。然龙敏而好学，发奋刻苦，众人嬉闹之时，其静坐读书，亲戚皆重之。

及冠，从事衣饰之业。为人正直，门前商客络绎不绝。龙乃招二童以助之，议定按成分红。岁末，二童所获乃高于邻店。人或谓龙曰："不过两小童耳，奈何多分君之利耶？"对曰："'人无信不立。'吾既已许之，二童尽力助我，怎可见其获多而悔？况其所得愈多，则吾之利愈多。"二童闻之，感其宽厚，自此竭尽全力。

龙有二女，悉心照料教诲有如慈母。长女常谓其妹曰："父于你我二人可谓费尽心力。若荒于学业，不思进取，则无颜面父矣。"昔者淮南王曰："慈母爱子，非为报也。"慈父亦如是也。

马雅欣自传

马雅欣

长安马氏有二女，幼女曰雅欣。欣年幼学琴，每至正午，群童戏耍于院外而欣独坐琴前苦练。久而不耐其苦，欲弃之，告其父。其父曰："'锲而不舍，金石可镂。'事贵在'持'，汝不可半途而废。"欣听父言，遂持之如故，终有所成。

欣早立志为师，尝与人言："'师者，所以传道受业解惑也。'吾虽不才，然欲以所学育人，树其仁心，启其才智。至暮年，回首过往，愿吾毕生所为非单为名利，而有益于他人。则无悔矣。"《论语》云："为之不厌，诲人不倦。"

许嵩传

崔铁成

许嵩者，庐阳人也。华语乐坛之新秀也。

嵩少时善属文，尝仿余秋雨，文采斐然。

稍长，学于安徽医科大学管理专业，不喜本业，反好音乐。常自学音乐诗词，后乃每月发曲作于网络，网友爱之，遂扬名于网络。此间，其《玫瑰花的葬礼》《灰色头像》广为流传。

及其成名，众公司欲与之合作，然嵩有言："吾愿创作由己，尽遂吾意。"众公司念其年少，恐其难成，遂弃之。后海蝶公司独眼识慧，依嵩之愿，遂归嵩于麾下，后乃有今日之成。嵩成名于网络，时人多有不屑，以为其难望其余歌手之项背。

然其屡揽华语歌曲大奖，恶语中伤者遂缄其口。嵩为人特立独行，不与世俗同。自其执笔之日起，词曲创作皆其一人执笔，时人称奇。

自嵩涉足音乐于今已十年矣，而其技艺精进，创曲作词雅俗共赏，于业界享有高名。

汶川地震时，嵩作《天使》以挽国之殇。其不慕名利，常隐山水之间，寻音乐之妙。

善哉嵩也，德艺双馨，音乐才子，实乃当今乐坛之栋梁也。

父亲

刘小慧

曩者，吾父所业常远行，未尝有长居家之时。彼时余年尚幼，父每归来，余怯然而依母。父质性耿介，刚而寡柔，凛然鲜和颜。与之同处，余唯恭听其滔滔训导而已矣，不敢多言。父教我励之以学，束之以理，律之以严。

方今吾虽成人，而父女隔膜。二人皆少于言语，相对而坐。余身临窘境，故作无事，径自退去。忆及往事，有感于兹，情触心扉，竟至零然涕下。

父素自约于衣食而慷慨于吾之书籍。闲暇入市，定赴书肆，有求必应，不计价之高低。平日出行唯单车而已。尝载余四处奔驰，行至一处，乱石满地，问曰："簸乎？痛乎？"

余在外数月，一朝归家，父总有新衣兼玩饰小物相赠，余欣然悦之。尝赠余一笔盒，色甚怡人，上有一犬，惟妙惟肖，可爱之至。余爱不释手，用之多年。

一日薄暮余腹痛，父急，执吾手，向诊所疾奔。见吾行动困难，父弓身负吾而行。吾伏其背，但闻足声草声杂然相间。及反，夜色如墨，虫鸣四野，流萤明灭。而今彼路荒草丛生，已无复行人往来矣。

林殊梅长苏列传[1]

罗玥

林殊，其字不详，江苏金陵人。父林燮，拜车骑大将军。殊幼聪敏，时人奇之。年十三，以能挫大渝轻骑闻于朝廷。雅好骑射兵谋，辄雪夜薄甲，呼啸来去。性慧黠，多有不羁。与靖王私交甚笃，师黎崇，颇通诸子。上爱重之，乃领赤羽营。是时，殊年十六，将迎霓凰郡主。

明年，渝犯我。燮领赤焰军主帅衔，往伐之。殊随战，聂锋为副将。时朝廷有攻讦，夏江为悬镜司[2]首尊，近侍君侧。宁国侯谢玉构之，共蔑燮结党祁王，有反意，并造伪书。上为所蔽，赐祁王死。玉乃率军中精锐，将歼赤焰。会赤焰与渝战，赤焰遂遣锋往求援，为玉所伏杀。殊小胜而归，刀矢俱尽，人马不堪。时大雪，于是又与玉交兵于梅岭，尸山血海。殊嘶声振臂曰："我辈忠义，安能败于竖子！"终不敌，坠崖而卒[3]，年十七。

梅长苏[4]，字藏殊，籍贯不详。父梅石楠[5]，游医四方。会长苏掌江左盟，公孙举族入江左以避祸。长苏与其公孙仇人于贺岭交涉两日夜，族遂得全。由是名声日盛，号曰"江左梅郎"。长苏容止端雅，多智计，人莫能及。

长苏素有寒疾，又精虑竭思，休养金陵，以苏哲名行事。

越明年，太子欲谋利，阴设私炮坊。一夕火起，丧细民数百，尸横于市。长苏闻之，急令江左盟援送资用，与靖王一时擅仁名。

长苏素孱弱，病于途，遂卒。靖王使百官迎于京郊，伏棺大恸，谥文忠。

注：

①文本材料来自《琅琊榜（电视剧版）》，林殊即梅长苏。

②悬镜司、掌镜使：剧中朝廷机构与官名，悬镜司直属皇帝，为皇帝调查案件，打探消息。夏江是悬镜司最高长官，称首尊，收四徒，皆为掌镜使，为夏江所驱遣。

③坠崖而卒：当时赤焰军被视为逆贼，谢玉谎称林殊已死，实际并未找到尸骨。

④梅长苏：剧中无，为本文所加。

⑤梅石楠：为林燮化名之一。

堂兄靖斌传

王菊

堂兄靖斌，王氏，辽宁本溪人。建国四十六年生。自幼机敏开朗。

斌生五年，从其父往足球场。斌视场上奔走运球者，曰："善。"聚精而忘时，及其父唤归，不舍而去。稍长，斌往求学

卷四 人物传记

其技，虽遇酷暑瓢泼严寒，不敢稍怠之，因习得精技。斌亦好读书，成绩名列前茅。

及斌年十一岁，有师从省会来者欲收斌为徒。斌母不许，谓师曰："学者，正道也，踢球者，吾知斌嗜之，然消遣即可，不可以为业。且斌好学，何忍弃之？"然斌谓其母曰："儿不孝，一心往球场，必将往之，母且待儿立业。"斌母感其诚，终许之。

斌至省会，励志刻苦更甚，每自练于闲暇，师益爱之。某日，斌与同窗嬉于舍，有生奋力压全身于斌臂。斌痛而哀号，旋即就医，臂骨折。其母闻讯趋往，见状，泣涕如雨。斌卧床而慰其母曰："儿无恙，母勿忧。"

斌休整数月，心急如焚。及痊愈，欣然归队，苦练如昔。

行年十七，斌赴粤赶考，一举而中，得以入省级队。是时，斌已月薪近万，以过半孝养其母。

越三年，斌凭其才聘往东洋，未几，复选入举国青年队。昔日同窗闻之，谓之曰："汝幸甚！吾从未遇鸿运如汝。"斌笑曰："兄此言差矣。吾不恃运，亦未尝怨天。"

吾兄坚毅勤励若此，长吾一岁而诲吾颇多，为吾毕生所崇拜。

祖父传
范宇颖

祖父姓范，名夫荣，浙江慈溪人。少好学，然困乎富农之成分，无以继学。既辍，家窘，遂务农。尝以种棉之技闻名。后任会计于民企，直至告老。

高祖母在时，祖父以孝称于近邻。日背母出入无所怨，三餐奉之。育有二女一子，重家教，严慈并济。谓子女曰："品行第一，学问次之。"常授之为人处世之道。子若以不敬犯上，必怒斥之。父尝先于长辈就食，祖父执箸敲其头，警之。然祖父之爱藏于心显于行而不露于言色，苟吝于己而未尝使子女窘于贫。子远游学必送之，临行嘱："在外万事安为上，莫节财于饭食。"

祖母视祖父为命中之福也。祖母体弱，家中事务皆为祖父操持，岁岁年年，井井有条。二人之争不外柴米油盐，祖父以笑置之。吾尝戏笑："祖母乃慈禧。太后一言若圣旨，祖父刀山火海甘之如饴。"此言有据。祖母嗜海鲜，祖父尝寻尽市井，求不当时令之物。一日，大雨，祖母不满于早餐而怨，祖父不忍其食之不悦，默然起身出门。归，揣豆浆、馄饨、酥饼，皆祖母所爱。吾等后辈每见祖父必叹其于祖母，用心用情，无微不至。

祖父自幼勤恳。苦难磨其筋骨意志，而未损其旷达性情。忆苦思甜，常教吾辈珍惜今日之福。祖父不戚戚贫贱，不汲汲富贵，节俭如初，可谓"斯是陋室，惟吾德馨"。其身在农村时，屋前树柑橘，屋后培瓜豆。入城居后，未改所好，日修盆栽得其乐。祖父作息自律，晨起锻炼，风雨无阻。亦爱读报练字，字迹工整清秀。论国事，慷慨激昂，颇有指点江山，老当益壮之范。

祖父虽非建功立业之伟人，无超世之才，亦无万贯家财，而后辈无不敬之爱之。其坚韧不拔之志，宽厚仁爱之心，严于律己之行，足示范吾等如何为人。

吴友人传

孙锦园

吴某，河南濮阳人也，芳龄二十，今求学于京都。吾与其相识十八载，感情素好。幼时，吾二人如影随形，常嬉戏于堂前屋后，乡野田间，心甚悦之。及稍长，吾二人皆入学，同窗十余载，情谊益笃。

吴某乃农家之女，出身清贫，祖辈为农，世居乡野，虽为清贫之家，然其家风良正，父辈开明，极尽一家之力供其求学。吴亦奋发向上，聪慧好学，少有大志，欲富荣其家。然其求学生涯甚艰辛坎坷，幸吴某穷且志坚，笃定信念，寒窗十余载，终圆梦京都。

吴某平居娴静少言，温和谦逊，待人和善，常独处一隅，极少与人交谈。每逢群聚而嬉，邀之，其多婉拒。吴在学，敏而好学，不慕虚荣。常以"腹有诗书气自华"自勉，同窗多为华服美食富足者，吴某白衣素食列其中，然无慕羡意。其性情如是，故师生多嘉之。

吴某居家，敬长爱幼，孝顺父母，怜爱手足。其有两幼弟，农忙之时，父母无暇顾其弟，常嘱其照看。其顾弟尽心尽力，食其食，衣其衣，未敢稍怠之。恐弟之安危，常影随其后，呵护备至，邻人甚赞之。

外大母吴氏传

陆沁怡

外大母姓吴氏，讳康珠，山阴人也。世代耕读，颇有田土，长养优渥，中华人民共和国成立后其家日见陵夷，外大母年十八时而肄业，为乡村教师。甫二十岁时嫁王氏家，居数年，生一子一女。外大父，贫农也，世代以耕渔为业。少孤，家有老母及小弟妹二三人，四壁萧条，别无长物。外大母夙兴夜寐，昼则至校教书，夜则纺绩，日夜劬劳，无时休息，勤苦如此，以应家用，上奉长者，下养幼弱，无怨无悔。外大母性行淑均，平居常有悦色，言语轻细，儿女有过，未尝骂詈，其待邻人，亦多慷慨，常为村中诸学童周末补课，分毫不取，如此三十余年，一乡敬之，无长幼皆呼之为师。

莎莎传

李晨阳

莎莎者，宁强人也，字高子。其父程杨，为一代名师。莎莎喜数字，思维敏捷。

乙未年六月，莎莎毕业于汉中龙岗中学，因成绩优异，被录入中南财大，遂其所愿。

莎莎虽年少，吾叹其天赋过人尤敬佩其个人努力，堪称榜样。

雨夜思父

刘婷

袅袅秋风，木叶纷下。吾居长安，去故乡八百余里，念及家中亲故，愁思满腹。漫漫秋夜，卧床听雨，草木凋落，群雁已南归矣，然吾孤身孑立于此，何时归？双亲亦盼吾归乎！

雨打窗棂，乱吾心。夜不能寐，念及家父，心生层层惭意。家严年已近半百，一生清贫。尝为人师，桃李芬芳。后长年奔波东西，风霜雨露。为家中梁柱，勤苦操劳。然命运捉弄人，家父年中突患癌症，吾初闻之，如晴天霹雳，日夜以泪洗面。父病倒，犹家中梁柱骤然坍塌，家人无不忧虑。余心有不平，吾父半生守信务实，何以害此重症也？命运之舛！行文至此，泪如雨下。

今日长安求学，思父心切，又不忍见其瘦削憔悴之面容。家父尝嘱余于病榻："父不求汝大富大贵，但求一生平安喜乐，无灾无病足矣！愿吾未及填沟壑，能见汝学成归来，为人师表，后得一归宿，吾方可安心去矣！"父母之爱子，则为之计深远。每念及家父谆谆之教诲，吾深受鼓舞。虽吾不及黄香扇枕温衾，不及吴猛恣蚊饱血之侍父。然愿一路奋进，不忘初心，不负家父之期望。

蓼蓼者莪，匪莪伊蒿。哀哀父母，生我劬劳。"树欲静而风不止，子欲养而亲不待"，每念及此，如尖刀锥心。愿上苍多慈悲，使家父康复，使其有生之年，得享天伦之乐！

刘佳传

张佳伊

余友佳，姓刘，与余俱为河南洛阳人也。其生于一九九六年二月。忆往昔，余与之相识于本县之中学，佳时年十三岁，余亦同岁。佳是时乃余之同桌，其名亦类同于余，自觉甚巧，遂奉彼此为友。

佳母性淑良，爱诗文，家教甚严，是以佳自小行止有礼，落落大方。因家中诗文之氛围浸润，佳自小嗜读书，能诵诗文百篇。佳少有大志，尝笑而语余曰："天生我才必有用。人生在世，不求荣华富贵绵延子孙，但求学有所成，而不至面目全非也！"忆及高考将近，佳与余互相鼓励，亦互相扶持，终不负寒窗数载之苦，双双进入大学学府。

佳性开朗，好与人交，活泼好动，乐于助人，若冬日之阳光。余则天性内向，不善交谈，多愁善感，似浅塘之秋水，波澜不惊。虽性格与余迥异，然其与余一动一静，亦有相映成趣之乐。犹记佳与余共习《论语》，念及"智者乐水，仁者乐山，智者动，仁者静，智者乐，仁者寿"数语，佳抚卷而谓之余曰："以汝比'仁者'，余自比'智者'，可乎？"余听之甚喜，虽自知愧对先贤，擅曲原意，然以"山""水"比余二人性格，亦感新奇，遂曰："可也，可也！"

忆及佳，余心怀一事，于今未尝释怀，每每念及，亦涕泪沾巾，喜不自胜。时佳与余俱入高中，读一年级于不同班。时隔三年有余，今亦历历在目耳。某日天朗气清，临近下课时，突然电闪雷鸣，暴雨倾盆。余未备伞具，遂困于校。时佳持雨具将行，知余之窘境，窃使同伴先行，而谓之余曰："尔家远，万不可冒雨强行，且暮色渐浓，不可久待，子何不持余伞先行？昨日吾母告余将来接吾，故汝安心先行即可，切勿念余！"当是时，余走投无路，念佳亦将被接走，遂许之。事隔三天，余偶悉真相于佳之同伴，盖佳之母终未来校接佳，是夜独佳一人冒雨回家耳！余大惊，五味杂陈于心，遂于课间访佳而求其实，佳无奈，告之于余，其所以欺余者，畏余挂念而不受其惠也。余如遭雷击，半晌未出一词，泪若雨下而已弗知。

佳待余之深厚如此，其于他人，凡有求，事无巨细亦皆竭心尽力而相助，是故吾属皆爱之。

古人尝曰："人生之乐在相知心。"余能识佳，实乃此生之大幸也！

胡江荣传

李梅兰

余有良师，姓胡名江荣。湖南怀化人士也。

怀化之名，得于宋代"怀柔归化"之策。当是时，蛮夷之地，多粗鄙之人，宋天子以柔化之，以理晓之，以情动之。于然迄今，已有千年矣。先生教人，亦谨行此道，弟子皆视为己出。衣食住行，唯恐不周；学生之自尊心，唯恐有伤。古语有云："师者，所以传道授业解惑也。"先生学以为己，教以为人，见善难恐不及。

余自幼不喜数学，闻之则心悸，见之则颓靡，学之则如陷囹圄，常垂首痛泣。先生怜且忧之，知不可强求，勉励数次，仍收效甚微。余明先生之意，奈何数学奇妙诡谲，变幻莫测。余尚不得其题意，又何通得其法？先生未轻言弃，一而再，再而三，伴余解题。幸得先生之教，余之数学颇有起色，于高考之时大显其威，终得入心仪大学。

余与先生亦师亦友，先生为人端重雅正，以身为范，余受益良多。幸甚遇哉，作此文聊念先生。

夏夜记事

王艺萌

吾幼时，父母皆忙碌，早出夜归，为吾家之生计奔劳。故吾饮食起居，多由祖母顾看，吾与祖母感情遂与日俱增，祖母今已年近七旬，幸身体康健、言笑晏晏，祖母性温厚，待人友善。

某年夏夜，天色已晚，吾取薄被欲睡之。夏夜凉风习习，须臾吾便入梦。夜半，觉冷，不甚在意。俄尔觉有人动吾被，遂醒。原是祖母加被于吾，再撞望窗外，雷雨交加。祖母夜半闻雷电之声，思吾盖薄被，恐吾冷，遂起身寻厚被盖于吾身。吾当时困乏难耐，故又睡之。

吾当时只道此为寻常事，后每每念及，心中便觉暖流划过。无形无状，无音无声，却可御寒，可暖人心，此唯爱也。

庞伟传

庞雪迎

吾父庞伟，陕西三原人。中等身材，体态略胖，鬓发微白，身体强健，生性乐观坚强，积极上进。

吾父幼时即嗜学，自入学之日起，精于课业，成绩卓越，祖父母引为骄傲。当是时，家贫，无钟表，吾父恐上课迟到，常以夜色之明暗判时。或遇晴好之夜，月色皎洁亮如黎明，吾父误以为天亮，穿衣携书奔至校舍，发现空无一人，等良久，尚无人至，方恍然大悟。如是反复，吾父深感钟表之需要，遂趁暑假之际，上山采药以赚钱，早出晚归，骄阳烈日，未曾误工，终凑钱购得一钟，视之如珍宝，时隔数十年，此钟仍置于书桌前。

吾父十岁时，曾与三四玩伴游戏，每人手中握石子二三，掷两次，远者胜，吾父一时求胜心切，用力过猛，不慎击中田间一多病妇女，由此吾父之噩梦始矣。农妇此后屡以此事为由向吾家索钱，祖母性情暴躁，见家境每况愈下，常指责吾父，父自责不已，终日郁郁寡欢，致精神衰弱，常年休息不佳，耽搁课业，终名落孙山，此吾父终生之憾也。

吾父十八失意落第，十九独闯新疆。客居他乡无亲朋，谁怜落魄少年？白日包地四十亩，深夜和衣田畔睡。可怜游子饿肚肠，茫茫大漠无家归，个中滋味几人识？然吾父生性非脆弱之人，环境愈苦，其斗志愈昂扬。父在疆一年有余，踏实勤奋，后回陕进入三原工商局工作。

天命之年，父斗志不减，工作之余，发奋读书，终于考取国家执业药师资格证，此举相比同龄颐养天年之闲人，实属难得，吾父以身作则，励志奋进之精神，实为我范。

外祖小传

宋凌云

吾之外祖，津门大港人也，生于癸酉年桂月，今岁八十有三。

外祖生逢家国动乱之际，夙遭闵凶。幼时，母亲早逝，其父于外务工，兄弟相依，至于成立。家中人多地少，无以糊口，遂辞家远行以谋生。其性刚毅，奔波千里，艰辛历尽，而不言苦。

外祖少时坎坷，遍尝人世之艰，未尝婚娶。及至而立之年，方遇外祖母，同年成家。二人以耕田制砖为生，夙兴夜寐，劳作不已，自建居舍，以避风雨。虽以粗茶淡饭度日，然琴瑟和谐，清贫中亦自得其乐。二人相濡以沫，勤俭持家，共育两儿三女，时至今日，四世同堂，绕膝承欢。

外祖少时嗜学，然家贫无以购书，更未入学，深恨之，由是视子孙学业甚重。若稍有厌学贪玩之态，必厉声责之，或严惩不贷。因而吾等未敢有丝毫懈怠。除督促学业之外，外祖实慈爱宽厚。余幼时尝居外祖家，每遇生病，外祖父必日夜守于床前，直至痊愈。

世人皆有所好，外祖亦如此。外祖嗜棋，常与友人弈于园，废寝忘食。又喜田园生活，多植果树于院中，并有青菜五畦，瓜果九畹。

外祖一生勤勉，秉性仁厚，与人为善，故乡党亲朋，多所称焉。

卷五　书信

答鹏兄书

朱丽婷

贤兄鹏：

昨日喜得汝书，顷即捧读。阅知令尊令堂俱安，贤兄绩业有进，甚为心安。唯愿汝牢记初志，砥砺前行，奋发有为，不负众望耳。

承蒙抬爱，贤兄咨余以时事，并问以修身之方。余思虑良久，兹以读书与立德为意，乃为下文，与君共勉。

夫读书者，天下人之要业也。书且不读，焉能成大事？故古今圣贤，无不好读勤耕。屈子研读，始有《离骚》。羲之吞墨，天下传帖。孙敬悬梁，博古通今。文史浩瀚，博览是求。韦编三绝不为过，闻鸡起舞尚嫌迟。李杜苏辛皆贵，班马二圣咸修。至若立德，古训也。身不修则德不立，德不立则事不成。所谓十里传声，万里传名。夫德为先而后贤名至焉。原宪甘贫而不逾志，子罕弗能及也。孔融让梨，美名远扬也。是故厚德积学，励志敦行，勤以修身，俭以养德，去举业不远矣。

竹罹寒而傲立，梅披雪仍笑霜。君当奋勉矣！

愿君大鹏展翅，翱翔千里！

妹丽婷

乙酉年二月既望

寄祖父书

高文艺

祖父如晤：

孙女自节后离家，二旬有余，甚以为念，伏惟祖父挂怀于吾，乃遥书近况，以慰祖父之怀。一别之后，谨遵祖父"读万卷书，行万里路"之诲。日耽于书，甚得其乐，古今典籍，皆有涉猎。近人文章，余多观日本诸公之作。古代典籍，承余师教，日读《史记》，未曾废止。所读堂庑特大，于豪阔之处，孙皆录之矣，逮归示祖父。书卷之外，孙出游有二。至长安次日，携数友赴鳌山雪场，皑皑山野寓目，心胸清明舒旷。再游者，访净业、卧佛、黄峪三寺，无与为伴，孙儿独行，颇为佛家静清之意所染。山行途中，落落轻红，远霞飞燕，蜂忙蝶舞，余皆摄而存之，此等景致，冀与祖父共赏。

祖父迩日可好？康健否？务遵医嘱，餐药应时。故乡孟春，狂风烈沙时作，切望祖父多居家中，若需出行，务严于防备。暮春时节，柳絮杨花漫天飞舞，祖父不堪其扰，可泼洒于庭，静待其退去。祖父亦知易安、德甫"赌书消得泼茶香"之趣事，祖父喜茶，与祖母以此为乐，岂不快哉？祖父抱恙不可耽于酒，望存于心，芹菜可缓祖父之疾，唯愿多食。移节换季，望祖父安好。

远游求学，常怀亲友，如五一休假，诸事便宜，孙当束装就道，回乡探望，面聆长辈教诲，叨陪鲤对。

孙儿问祖父、祖母安。

顺祝

近祺！

孙女文艺敬呈

丁酉年三月五日

与张砚兄书

张金华

张砚兄：

  得书甚喜，千里如晤。张砚兄邀鄙人同游泰山，欣喜之极，必同往之。阳春三月，草芽萌动，春风十里柔情。子规啼鸣，暮雨潇潇朦胧。实乃出游佳季，若与张砚兄同游，为一大快事！

  祝

春祺！

小华手书

丁酉年三月五日

寄友书
梁懿妍

高君吾友：

见信如晤。

三月三日，忽接汝之来电，不日造访西安。吾惊讶之余甚感欣喜，问汝来之原因，方知兴之所起，翌日抵达西安。吾敬君之勇。自寒假一别，诉说无期，情意自在不言之中。冀得与汝重游西安城墙，同忆少年之乐。

昔日游历仍历历在目。城墙骑行最是兴奋，双人登行畅快淋漓，四方之城，登临而望，尽收眼中，永宁门上，不时闻游人叹曰："吾处皇城之中，满足矣！"骑行途中，遇外国友人，眷侣共骑，与之竞赛，笑而越之。夜晚降临，城墙之上，花灯渐显，五彩夺目，绚丽逼人。城门之中，孔雀开屏，人影攒动，古物古玩，皆吾之所爱。时光易逝，往事如昨，愿吾与汝之友情，如城墙而永存。

书不尽意。期待君光临。顺颂

春安

L君

二零一七年三月五日

与吾师书
时铭秋

陈老师尊鉴：

自吾高中毕业已一年有余，其间虽未与恩师相见，然师之

146

教诲犹记心中，音容笑貌犹在眼前。师治学谨严，学生每有不解之处，必耐心解答，鞭辟入里。讲课之时，引经据典，文采斐然，吾等每于您之课堂，倍感舒适，忘却学业之压力。师之品行犹为人所称道。每值学生身体不适之际，必嘘寒问暖，关怀备至，犹如慈母。高山仰止，景行行止，师之德才品行足以担此八字。

吾亦将为人师表，学高为师，身正为范，吾将永远以恩师为楷模。

敬致

教安

学生时铭秋敬呈

丁酉年壬寅月戊子日

与舅书

卢文静

吾舅尊鉴：

阳春三月，莺歌燕舞。喜闻舅父初获麟儿，由衷快慰，特致此函，诚表贺意。家母已启程往贺，度明日即至。惜外甥女近来事忙，暂不得归，谨申数语，以表寸诚。临书仓促，不尽其意。

祖父母前乞代请安。恭祝

春安。

外甥女文静 敬上

二零一七年三月四日

致嘉钰书

刘艳芳

嘉钰足下：

久疏问候，时在念中。一别经年，弥添怀思。别离以来，不知安否。

近来学业繁重，日日奔赴课堂，以受教诲，故闲暇之时少矣。今逢假日，稍有空暇。忆往昔之情深，同甘共苦，实感欣喜。同窗岁月，吾与子相处甚欢，怀念至此，颇为感慨。

自离别以来，各刻苦用功，以盼学业有成。大学时光，书生意气，奋发图强。虽挑战重重，皆勇往直前。古人云："少壮不努力，老大徒伤悲。"吾愿与子共同努力，不负今志。

伏惟珍摄。海天在望，善自保重，至所盼祷。

即颂

安好

友艳芳亲笔

二零一七年三月四日

与友书

李宇

小美：

近来安否？习惯于大学生活否？

自高考一别，于今近两年矣。期间，互通电话数次，浅谈近事。尔远至厦门求学，吾来长安，如隔天涯，各在一方。因忙于他事，无暇顾及，归家相聚。心盼相见，一睹近貌，彻夜畅谈。忽忆及昔日相伴岁月，忍俊不禁。

自高二分科，吾二人共班。初未熟识，后日渐为知己，不复芥蒂之心。子性强好学，博闻强记，属班之佼佼者。履试居首，甚为师所器重，是故有"东方不败"之美称。

子滑稽风趣，机智多变，擅效仿。闲暇之际，自导自演。引戏中词。辅以姿势，惟妙惟肖。众人前仰后合，笑不绝于耳。然于学，汝严肃认真，一丝不苟，勤勤恳恳。但逢不解，必请于人。立侍左右，援疑质理，色恭礼至。亦不耻下问，卒有所成。

尔心善单纯，热情开朗，乐于助人，为同窗所称道。

愿汝事事顺利，心想事成。

此致

敬礼！

友小宇

二零一七年三月六日

与父母书

陆沁怡

父母大人膝下敬禀者：

孟春犹寒，恐父母每至仲春之伤痛，故书此信。一别数日，正值冬春之交，天渐暖，但不可骤然减衣，否则易感风寒。切记劳逸结合，不可操劳过度。望父母以身体为念，多加休息。吾儿事事皆好，每日学习，增长见识，大人皆可宽心矣。书短意长，不一一细说。

盼即赐复。恭请

金安

女儿心怡叩上

丁酉年二月初七于长安

与友书

孙仟

小慕吾友：

阔别已久，甚是想念，近来可安否？

长安三月，草长莺飞，万物已呈欣欣向荣之态，温度亦有回升。不知京都如何？想必定已春光大好，处处生机。

此信欲议一问题与汝。新学期《古代文学》已步入宋词部分，晚唐词人温庭筠曾作《梦江南》，后有人以其中"过尽"一词已传足感情，末句"肠断白蘋洲"或以为冗余。余思来想去，窃以为不可。其一，自全词观之，前"过尽千帆皆不是"诉闺中思妇独倚江楼，望眼欲穿，似在寻找，而"白蘋洲"恰是其目之所及，心之所系，抑或有珍贵回忆于此，此亦为全词所述事之地点也。如若更删，自就其内容完整性言之，切不可矣。其二，"断"与"尽"巧呼应，愈现思妇从希望到失望再到绝望之变化，寻而无果，肝肠寸断，何其悲也！强化情感，写足心理，更显末句之重要也。其三，晚唐词多已还原为"胡夷里巷之乐"，娱宾遣兴之用，需点透情感，由此观之，末句恰合也。再者，自诗词古韵观之，末句读来朗朗上口，韵味十足，亦如马致远《天净沙·秋思》末句"断肠人在天涯"，两者有异曲同工之妙。而若删改，则顿挫全失，韵律全无，实可惜也。

此皆余个人拙见，微开之言，愿无见笑。早听闻汝熟读经典，犹爱诗词，对学界争议亦有己见。吾望尘莫及，自愧不如。然尔不以余卑鄙，常与吾论诗词，由是感激。高山仰止，景行行止，余虽不能至焉，然心向往之。今又遇难，欲知尔之高见，故求教于子，祈随时赐示为盼。

匆此草就，不成文旨，请多多赐教。愿一切安好！

学友：小孙

二零一七年三月五日

与师书

马雅欣

胡先生尊鉴：

自先生授吾辈古代汉语，于今一年矣。先生博闻强识，学高身正，弟子于师门获益匪浅。先生平日慈爱如吾等祖父，然于学业亦严格要求。若无先生教授，弟子盖至今不知句读、不晓平仄，更无论读古书、作诗赋。先生之人品学识，弟子敬佩万分。师恩深厚，弟子将永记于心，日后必定刻苦研习，以报先生之厚望。

敬请
教安

学生马雅欣敬呈

丁酉年壬寅月戊子日

与师书

杨嘉美

恩师：

自高考一别，至今已近两年矣。余来长安求学已久，其中辗转不必多说，不知恩师近来可安好？

尤记昔日高中生活，余常学至夜十一时，师之办公室正对教室。吾尝俯身透门向里窃看，倾耳以听，见师端坐于椅，伏案改作，且闻师之笔头沙沙作响声。师每开一本，细阅。或蹙然摇头，道道视之，笔笔改之；或舒眉，喜悦点头。翌日早到校，见师盥洗，乃知师一夜未归。师之用功，师之高行激励吾矣，自此以后，吾潜心力学。今忆昔日师之影响大焉，师之行足证学高为师、身正为范。

愿吾师事事顺利，心想事成。

此致

敬礼！

晚生嘉美

二零一七年三月五日

与弟亚飞书

崔铁成

贤弟台鉴：

仲春渐暄，离心抱恨，慰意无由，恒生恋想。自去年国庆一别，瞬又半载，风雨晦明，时增千念，不知贤弟身体如何，别来无恙否？

近日吾常忆及往昔，你我携手同行于书山，共济于题海，夙兴夜寐，日夜攻读。每每沉迷学习，不能自拔，乐而忘食。当时心气，已非今日可比也。闻君有志于警务，昼夜训练，颇为辛苦。然则国泰民安，社稷稳固，全仰贤弟等人也。愚兄整日空读圣贤诗书，恨不能酬报国之志，了沙场之愿。余每思"宁为百夫长，胜做一书生"，感慨万千。汝于警校，自当勤学苦练，亦应保重身体，勿令父母亲朋忧心也。

书短意长，盼君回复。

春安

愚兄铁成手书

丁酉年二月十一

与梁茜书

刘小慧

梁茜吾友：

寒假一别，不觉分别已近两旬矣！值此春冬相交之际，乍暖还寒，昼夜温差，不容小觑，望善自珍摄为重。

前番所言兼职一事，不知有着落否？近日偶览微信，见汝所发"学生""工资"云云，想来必是觅得家教之职矣。汝为女生，凡须夜出，当以谨慎为妙，切不可晚归；偏远荒僻之地，不应独行。若能确保平安，日积月累，可攒不菲之财，岂不美哉！况于自身才能，亦得磨砺，尔之父母，可稍释重负矣。上周余亦寻一兼职，时间报酬，莫不合适，怎奈余粗疏大意，错失面试之机，余连声叹惋，以之为训。寒假同枕之夜，汝言校内多有猥琐之徒，汝且避之，免致不虞。同舍生或有龃龉，且宽之容之，免滋纠纷。余返校之时，家父所予衣食之费不甚丰赡，故余非俭省不能终此数月耳。父母劬劳，吾诚恤之，不敢恣意挥霍，亦赧于索要。昨日翻箱倒橱，整理衣物，汝知余懒，最恨此事。吾二人曾同寝一室，想汝之床榻桌箱今仍无一不齐整如新耳！

　　汝居岭南，四季温暖，校园之中，是绿叶油油、繁花吐秀。汝盼花之盛会，余只等四月樱花，粉白一片，好不烂漫！汝且待余照片，同赏胜景。常念假期之乐，吾与婷共玩扑克，兴之所至，开怀大笑，前仰后合，全然不顾仪态。盖能同处尽兴者，唯汝与婷而已矣。家中琐事，烦不胜烦，汝二人真乃余之良友也。而今相隔千里，每日悲欢，多有不知。

　　汝修经济，时感学之不易，余为外行，虽有解难之心而无专业之力，唯愿劳逸结合，广交友朋。余在长安，一切无恙，汝且心安，勿复牵挂。若得闲暇，可拨余电话，余最喜汝滔滔不绝之高论也。汝之微信，余常关注。

　　顺祝

近祺！

老友慧敬呈
丁酉年二月初七

寄友书

罗玥

长庭砚右台鉴拜启者：

仲春生暖，望风怀想，时切依依。琅函奉读多日，未即克复，万望海涵。

近得庐陵橘半筐，鲜澄可爱。特随函并奉二三，吴盐新雪，当与君共享耳。

伏惟珍摄，顺颂

春安

罗玥临渊顿首

丁酉年二月初四雪夜灯下

与父母书

王菊

父母亲大人膝下敬禀者：

久未归家，经月未见，不尽依迟。不知二老尚安康否？女儿远在他乡，甚为轸念。今日思亲之情难却，奉书以告。

女儿离家数月，一切安好，二老无顺挂念。余常记幼时二老于我百般呵护，殷殷之情历历在目，不敢忘怀。而今女儿长成，应尽报答，家中事无巨细，烦请如实告知，万不可顾虑，能为父母分忧实乃女儿之幸事也！

女儿在外求学，虽偶有不顺，然定当专心致志，及时勉励，以求学业有成，以报双亲深恩。

书不尽意。气候骤变，望二老多加戒护，别无他恙。女儿亦将自珍，勿我为念。

恭请

敬安

女儿王菊叩上

丁酉年二月初十于长安

与熠琳书

刘咏姝

熠琳吾友：

你好！

昨得书笺，反复读之，深情厚意，感莫能言。昔年之音容笑貌，历历在目，难以忘怀。距分别已数月有余，甚为想念，不知小妹近况如何，望常寄文墨，时通消息。小妹信中所附之文章已精心拜读，蒙赐佳作，不胜感激。可见数月之间，作文之功又精尽不少，姊自愧不如，嗣后或有新作，望莫忘惠赠愚姊。另有小弟文骁明日将至金陵，万望小妹为其寻觅一处临时安身之所。小弟初来乍到，若有不足之处，恳请多多指教，周全一二。唐突干请，惟望幸许，诸事费神，伏乞俯俞，姊姊不胜感激，他日相逢，当面拜谢。

敬请

台安

刘咏姝

二零一七年三月六日

与祖母书

范宇颖

祖母膝下：

自违慈训，倏忽经旬。天气渐暖，祖母之微恙稍愈乎？孙女虽在远地，无以时常探望，然时时挂牵。人至暮年，不免病痛相随，祖母当宽心安养，思虑过甚徒伤神。闻社区活动颇多，项目丰富。琴棋书画，总有志同者；太极舞剑，不失为养生良方；踏青郊游，解久居室之枯燥。祖母不妨携祖父一同参与，与同龄者话家常，诉烦忧。虽言夕阳近黄昏，发挥余热尚不迟。

祖母心念儿孙，孙女了然于心，定会独立勤勉，不敢天寒减衣、三餐无时。孙犹记祖母训，少年应不畏艰难，胸怀大志，不可得过且过，妄自菲薄。孙幼时，唯祖母不厌其烦，悉心辅导课业，教以礼义伦理。回忆往昔，倍感祖母之恩，自当惜时刻苦，不负殷切期望。

自吾入大学，课程繁多，杂事缠身。幸得祖母体恤，不曾怨吾去电不多，反教吾尽心眼前事，顾养自身，勿念故里。每听及此，心愧不已，黯然泪下。然远行求学，乃人生必经之途，况孙女在西安获益颇丰，当再接再厉，砥砺前行。

情长纸短，不尽依依。

恭请

福安！

孙女范宇颖敬禀

二零一七年三月五日

与贤弟航书

孙锦园

贤弟航:

　　岁月不居，时节如流，分手数月，别来无恙？久未见面，甚是想念！昨日得接来信，不胜欢喜。知你日益长进，十分欣慰，望你再接再厉，持之以恒。昔日，汝不听劝说，辞学习武，坚信勤学苦练，必定学有所成，遂去家离乡，远赴少林。父母念你年幼，学武心切，且男儿志在四方，百般思虑，终允之。临行嘱咐："勤学苦练，聆听师诲，珍重身体，自尊自爱，学有所成，早日归来。"时至今日，汝犹记否？武术，汝之所爱也，愿勤学善思，练之以恒，不忘初心。万不可偷懒耍滑，不听师诲，倘若此，真可谓辜负父母，虚度光阴。汝有志气、骨气、孝心、恒心，假以时日，定会学有所成。

　　虽是阳春三月，但仍是春寒料峭，冷暖无常，汝注意保暖，珍重身体。他乡饭菜不若家中，纵不可口，亦不许挑食，多吃蔬菜水果，合理作息，照顾好自己。与师兄弟相亲相爱，珍惜同门情谊。切记聆听师诲，勤学苦练。家中一切安好，勿念！囊中羞涩切记来信，我速寄之。

　　此致

安好！

愚姊

丁酉年二月七日

与陈先生书

赵之淘

陈先生台鉴：

别来无恙，久不晤见。一别经年，弥添怀思。

接读便笺，具悉一切。数获手书来示，至感厚爱，因羁琐务，未及奉复，深以为歉。

久慕鸿才，今辱蒙垂询，略陈固陋，望补阙而教之。

依余之拙见，为学者，贵在虚心。余数见当今美材者，往往恃才傲物，动辄谓人不如己。嚣嚣然自以为已洞悉世事矣。平心而论，己之所为诗文，实亦无胜人之处；不特无胜人之处，而且有不堪对人之处。傲气既长，终不得建功，所以潦倒一生，而无寸进也。

昔者宋龙门濂尝趋百里外，从乡之先达，执经叩问。立侍左右，援疑质理，俯身倾耳以请。或遇其叱咄，色愈恭，礼愈至，不敢出一言以抗争；俟其欣悦，则又请焉。故得与高启、刘基并称为"明初诗文三大家"，又与章溢、刘基、叶琛并称为"浙东四先生"。其散文或质朴简洁，或雍容典雅，文风淳厚飘逸。堪称一代之宗。岂非拜虚心所赐焉？

上述浅见，难称雅意。姑道一二，未必为是，仅供参考。不揣冒昧，幸勿见笑。万望不吝赐教。敬祈不时指正。

谨祝

近祺！

友之淘敬呈

二零一七年三月二日

答友人书

杨琪

子慧：

见信如晤。

多日不见，甚为思念。时光飞逝，昨日大雪洒遍北国，今朝迎春花开遍长安。你我不见已有三旬。

来信中，汝提及爱杜子美甚于李太白，概因其规矩而已。窃以为太白之于吾国乃无价之宝也，以其不规矩得无上之自由，无羁无束，千百年间，忧国如子美，规矩如子美，爱民如子美者，虽不至于多如牛毛，但也双掌难数。然而有一焉，放荡如太白，豪气如太白，洒脱如太白者可谓凤毛麟角，甚至绝无仅有。若夫仙人，其思想上天入地，其心灵化云变雨，其视野包罗大千，其灵魂乘云驾鹤。千年流转，谁人不慕其英姿？若有千名学子白日苦学杜诗以求功名，则定有万名骚客深夜挑灯读太白以求狂放！

太白此人，太白此诗，上天入地，绝无仅有！以上观点仅为个人浅见，敬请友指示为荷。

遥祝

学业有成！

挚友：杨琪

二零一七年三月六日

与贤弟国栋书

刘沛婷

国栋贤弟：

　　见信如晤。

　　分别已有七日，体安否？能饭否？学业顺利否？

　　汝始加冠，心气甚高，有鸿雁之志，龙虎之勇，欲施拳脚，急不可待。汝诚为谦谦君子，一表人才，玉树临风，潇洒倜傥。然断不可自恃甚高，疏于研习。大成者，必有九垒之积。欲立为人，当以虚心务实为诸事之先。求学之路无坦途，踽踽独行，实属不易。唯愿君沉稳自持，潜心攻读。

　　少壮真当努力，年一过往，何可攀援。

　　遥祝

学业有成！

沛婷诚致

丁酉年二月十一日

与朱兄书

晨阳

朱兄台鉴：

　　多日未晤，系念殊殷。自君离家求学，于今已两余年，虽吾常与君书信往来，然未得亲见，难抒愁情。今晨，偶读君往日之来信，心潮澎湃，思君更甚，遂书此书。

　　近二年来，吾辈同窗常聚于闲时，饮酒共餐。每忆往昔时光，吾等皆唏嘘相见恨晚，然与汝毕业一别，未曾再见。兄弟相聚，少朱兄一人，常令我等神伤，盼与君相约，畅谈昔日深情。朱兄优于学，勤于思，吾等皆视兄为楷模，盼早日与兄再聚。

　　此致
敬礼

　　　　　　　　　　　　　　　　愚弟晨阳
　　　　　　　　　　　　　　　丁酉年三月初五

与友书

刘婷

挚友 C 君：

　　见信如晤！

　　近况如何？吾久未笺候，至念！吾与汝南北相隔，相去甚远，唯寒暑之节方可小聚。忆吾廿日北上，行程颇紧，未及见汝，抱憾至今。自开学于今已二周矣，学业如常。目下春光融融，南方暖意更甚，汝定爱之。然吾心烦忧，无暇顾及春光。近日以来，诸事不顺，欲与尔互诉衷肠，奈何相距千里，唯以电话小叙，不足解忧，故以此信抒余愁绪，望汝不厌而听之，如能回信，不胜欣喜。

　　自离家以来，余无一日不念家。尤念家父，恐其体未康复，无人照料，稍有不测，吾将如何？临行前夕，每念及此，彻夜以泪洗面。另有祖母，年事已高，垂垂老矣，吾常为其悬心，忧思萦绕，恨不能尽吾孝心，守其终老。来时一路，泣不成声。本欲在校勤学苦读，使其宽心。然入校以来，吾日感压抑，积郁于心，常感前途渺茫，是两难者也！现将吾之忧思抒于纸上，愁肠百转。与汝诉之，愿汝见之，知吾之意，明吾之忧，吾心稍缓。能与吾共忧乐者，唯汝而已！

前时闻汝欲来长安，若来，岂不美哉，吾且于此待君！

书不尽意，代吾祝令尊令堂安康！

顺致

近安，学祺！

刘婷

二零一七年三月四日

与友书

张佳伊

张苗芳鉴：

多日不见，别来无恙？迩来天气回暖，而料峭春寒犹存，伏维自爱，切莫触寒伤风。

春乃一年之始也。花香鸟语之际，草长莺飞之时，韶光淑气，红杏闹春，紫燕呢喃，池塘自碧。古人曰"一年之计在于春"，春光如此多娇，而余与尔月余未见，甚是想念，适逢霏霏细雨，更触绵绵别情。

盖余与尔结缘，自雨始，迄今有七年矣。虽时隔甚久，昔日之景，历历在目。当是时，大雨倾盆，余独身一人，羁于归途。若非尔助余共擎一伞，疾步狂奔，料必衣履尽湿。余自此与尔相识，获悉尔姓与吾同，奇之，又知尔与吾同校同级，益奇，甚喜，遂彼此交好为友。后余与尔常携行赴庠、归家、同读共习。每有闲暇，与子偕游。古人曰"人生乐在相知心"，得与尔相识相知，盖余之大幸也！

　　然自入大学，尔居于重庆，余羁于长安。相隔千里，虽小聚数次，然皆匆匆一过，未及畅叙别情。今借此函聊寄余相思之情。

　　即颂
近安！

友张佳伊敬呈
二零一七年三月五日

与友书
李梅兰

昕宇亲鉴：

　　枝头棠梨又雪色，而君音信久杳。

　　忆往昔，总角同檐，求学同窗，十载月落日升，少年旅途幸得尔伴。今逢冬日，南方细雪飘零，愿尔得间为余一吟雪映棠梨。待小暑，新梨渐垂，余邀汝携北归，共赏榴花。尔尚安乎？

　　愿来年，再与友彻夜漫聊。

祝好！

友人李梅兰
丁酉年二月十一日

与友书

王艺萌

阿敏亲启：

甚久未见，汝一切可好？自假日分别，于今已有数周，虽时常通言，仍不抵面见之欢欣。余现身处学校，一切俱安，无须挂念。

余与子同处学期之始，皆忙碌不已。然你我二人仍心有灵犀，互相记挂。人云：乍见之欢不如久处不厌。你我二人相识相知已有五年之久，盖谓久处不厌也。能有子一知己，不失为人生一大乐事。值此春风送暖之日，唯愿子身康体健，阖家安康，一赏春光。

平日话语甚多，今日提笔，竟不知从何说起，就此搁笔，书短意长，千言万语，你知我知。酒逢知己千杯少，且待下次面见之日，不醉不散。

即颂

近安

好友王艺萌敬上

二零一七年三月四日夜

与友书

庞雪迎

袁浩足下：

好友多年，深知汝爱好文学，功底深厚，为同门所崇拜也。余写信前来，实有一事相求，丙申之年，吾携二三好友同游香

卷五　书信

积寺，归来有感，属文以记之。自知才疏学浅，文辞匮乏，恐见笑于大方之家，故向汝求助，如能不吝赐教，修改一二，余不胜感激！附文如下。

丙申之年，予就学长安，地近香积寺。时值孟冬，会二友人访予，遂约同游此寺，念及王维"泉声咽危石，日色冷青松"之句，故心向往之。入门而恍惚，氤氲烟气袭襟而不觉，清正梵音沾耳而时闻。遥想当年，目睹近景，慨然而叹，属文以记之。

应钟之月，岁在丙申。予携友而游，径康杜，过潏水，道子午。日将西昳。瓦明墙朱，遥对巍巍终南。僧众芸芸，供奉各路菩萨。虽路遥地偏，客香不绝。地冻天寒，香客拱立，随处皆见。其心诚者，盘坐寺边。塔层十三，遗骸残存。广厦幢幢，襄暮鼓其镗。

多劳费心，再表谢忱。至纫公谊，高义厚爱，铭感不已！

此致
敬礼！

友雪迎亲笔
二零一七年三月五日

与友书

宋凌云

韵秋吾友：

睽违日久，拳念殊殷。

先者，汝书云欲于榴花绽锦、蒲节生香之时至西安游，使余荐可观之处。然近因琐务，数日竟未有半纸相报，乃余之过也，不胜愧疚。今浅书微开忠言，尚祈嘉纳。

西安者，昔谓之长安，为周、秦、汉、唐之京城。地处中原腹地，东据函潼之阻，西界关陇之险，环八水而襟黄河，拥秦岭而衔昆仑，物华天宝，人杰地灵。钟楼鼓楼，合奏天籁。大小雁塔，禅林双峙。骊山斜晖晚照，蓝田暖玉生烟，碑林书法流光，曲江芙蓉溢彩。姿奇景胜，难尽其数！

以余愚见，尔专攻营造，欲习建筑之长，西大街乃必到之地。曩时，唐两市一百有八坊，其为东市之干道，马来车往，络绎不绝，三代八朝之古董，蛮夷闽貊之珍异，皆聚焉。至若当世之景，商贾云集，较与盛唐，有过之而无不及。行于其道，两侧仿唐建筑鳞次至若比，美轮美奂。殿檐斗拱，精妙绝伦。玉砌雕栏，赫然眼前。览之，于汝学业必有助焉。

余又知尔好古迹，度秦兵马俑甚合尔意。兵马俑乃始皇嬴政陪葬所用，南临骊山，北依渭河，从葬佣坑有三，置俑八千余，战车百乘，兵器数万。一坑为战车兼步兵俑，二坑为战车兼骑兵俑，三坑为将军俑。俑本饰彩，其色皆褪，殊为遗憾。佣坑气势恢宏，俑身姿态各异，无两相似，形制仿真人而铸，活灵活现，汝必奇之。

余姑道一二，未必为是，仅供参考。汝若至西安，请先告余以期，吾盼与子游久矣。

即颂

时祺

挚友凌云书于西安

丁酉年二月初八

卷五 书信

附录

小园赋

（1995 年 12 月）

胡安顺

辛未冬，吾于学府北院分得新居一套，室惟两室，序属一层。人多好高，吾则爱低。楼之南有空地一片，将建为花园，命名者未及名其名，吾姑名之曰"未名园"，以与"北大"之"未名湖"相应。吾之居居楼中而偏左，虽在一层，门前并无遮挡，寒冬腊月，暖阳依然当户。乔迁之春，吾遍植菊花于门前，三秋九月，菊香袭屋，因名吾居曰"菊香斋"，使菊香与书香相应。是后吾又于门之南顺东西向杂植月季与冬青，于门之两侧分栽绿竹与紫藤，虽无樊篱，小园已成，遂名此园曰"菊香园"，使园名与斋名相应。园约十米见方，内搭葡萄一架，架旁植杏树一株，树下立石案一座，座上置桂花一盆。皇家园林，宏伟壮观，以包容山水取胜；江南园林，秀美玲珑，以小中显大见长。吾园极小，不能依山傍水，故所置之物刻意求简，亦欲小中显大耳。

春日载阳，园中落花与啼鸟乱飞；秋夜风清，斋前白菊共明月一色。盛夏听蝉鸣，声声皆成韵；隆冬赏雪落，片片尽入诗。伏案之暇，吾或独步于园中，仰观宇宙无极之大，俯察四时变化之异，静思万物盛衰之理。或与棋友夹案而弈，运筹于心中，攻守于纸上，胜败不计，荣辱不论，来去随意。或与高士坐而论道，海阔天空，既玄且微，明知于时无补，但求通其旨，得其趣。一日拂衣而喜，奋袖低昂，忘乎所以。以为

171

世间大园甚众，名多不扬；庾信之园虽小，而千古流芳。梦得先生不云乎："山不在高，有仙则名；水不在深，有龙则灵。"吾园固小，然佳木修竹美石名花之所为备，天宝物华尽在乎此，上可得日月之光，下可取地气之灵；且十步之内，唯吾独居，唯吾独尊，悦目赏心，此乐何及？于是乎搏髀而歌，顿足而舞，快意当前，不思其后。歌曰："园之阳光兮，可暖吾身；园之菊竹兮，可冶吾心；园之葡萄兮，可果吾腹；园之鸣禽兮，可消吾愁。园兮园兮，何小之有？"

附记：本文原载于《陕西师大报》1995年12月5日第4版（第219期）

主编手迹（《小园赋》）

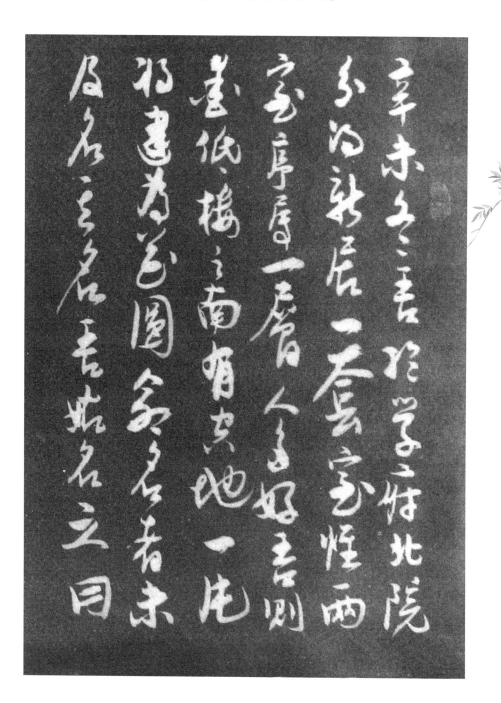

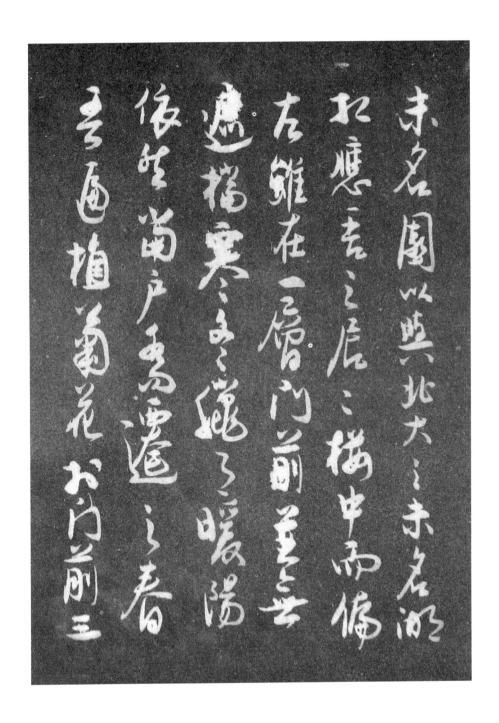

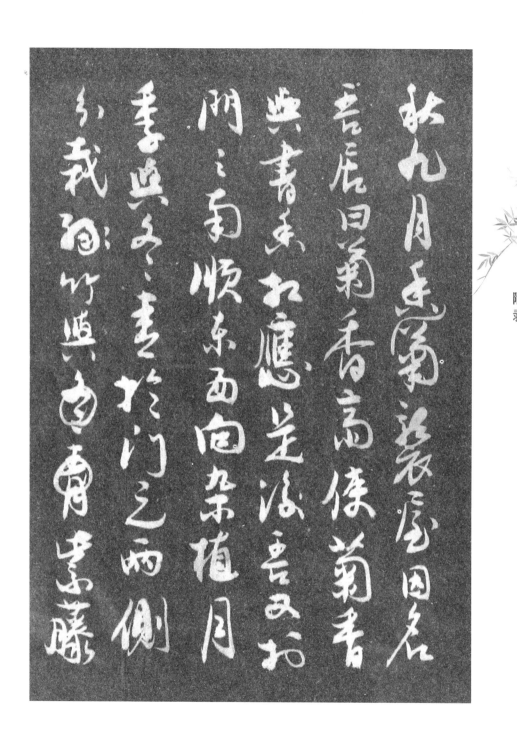

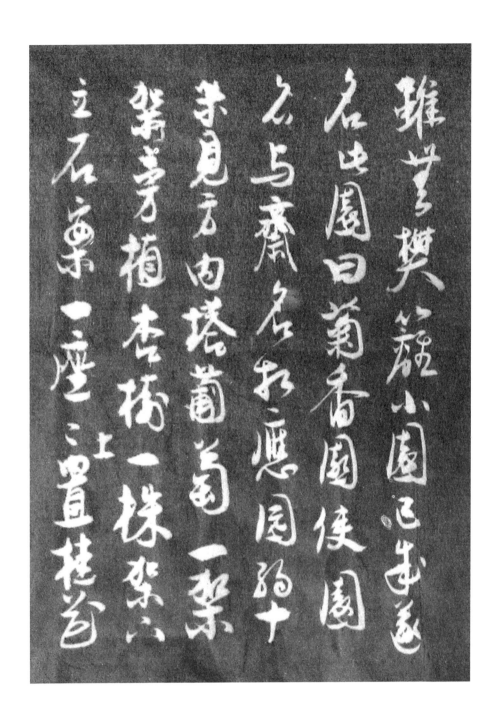

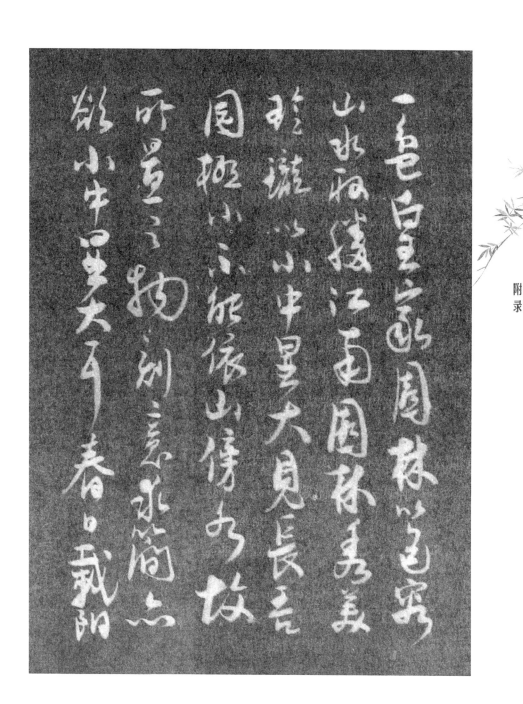

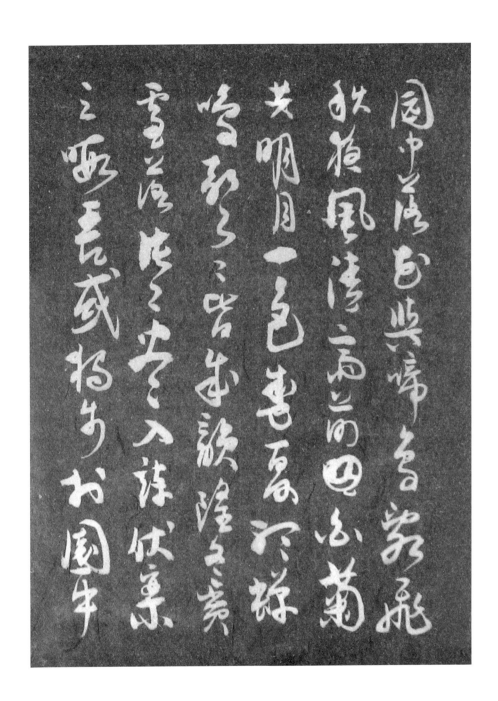

园中之清白兴端合繁飞
秋挹风清高出四必菊
芙明月一邑春香不殊
吟弄乃之宕出歌唯之美
云消皎之尖冬入落伏章
之两吞威梅今お园牛

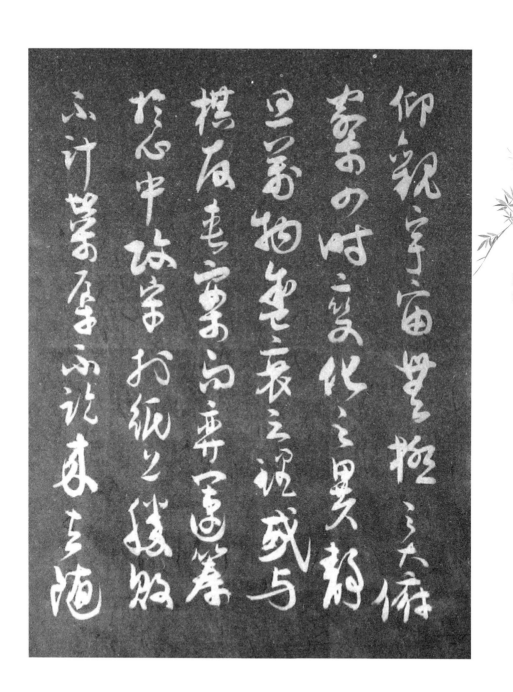

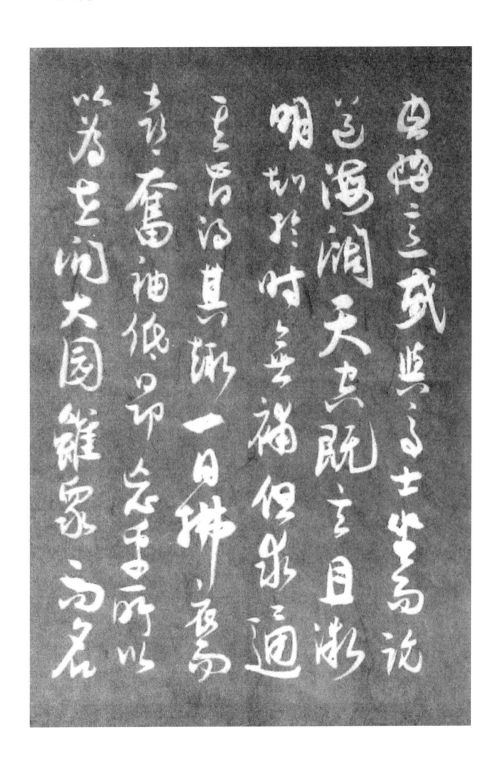

由恼之感兴之士坐为说
邑海潮天去既立目澎
明如於时无立福但乐通
至若汹其湖一日沸及为
春奋油候印忘手所以
以若立闲大圆雞家为名

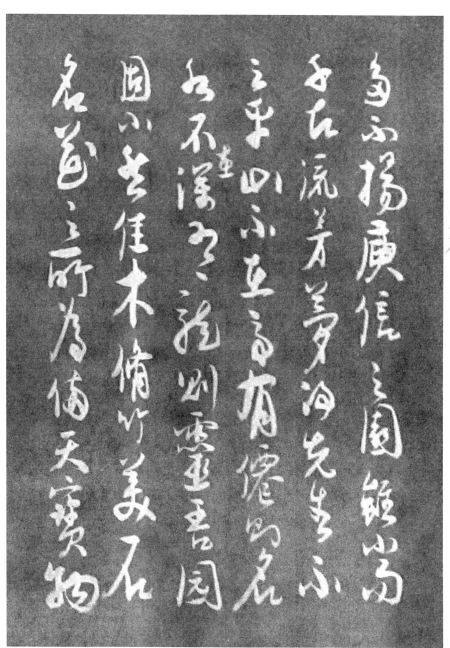

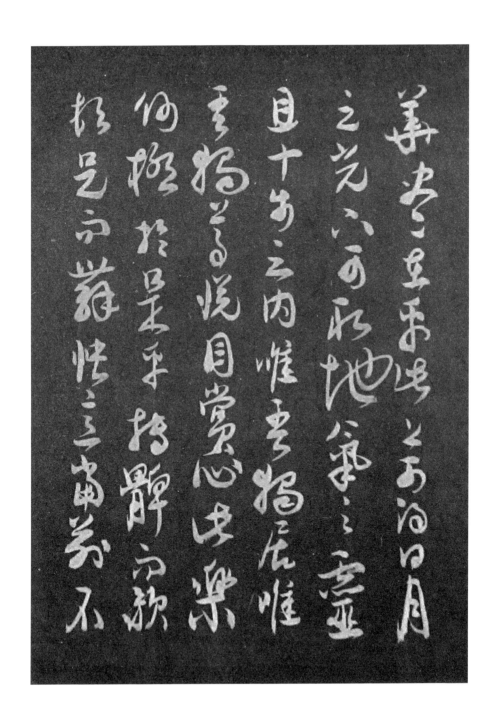

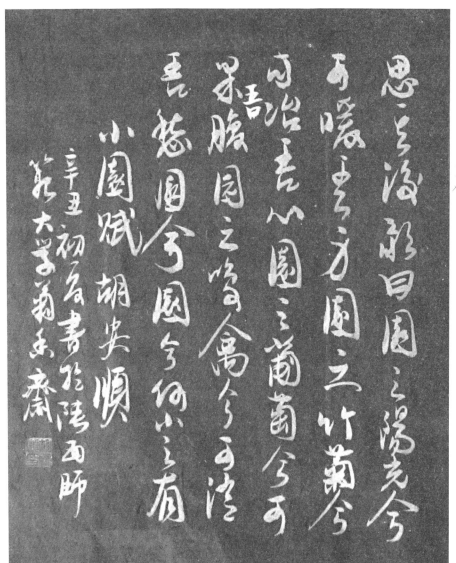

思之長，徘徊日園之隔兮可暖耳方園之竹菊兮可治吾山園之藺菊兮于果腹園之臨禽兮之清吾慈園兮園兮何小之有

小園賦　胡安順

辛丑初夏書於瀋西師範大學蘭香齋